Arena-Taschenbuch
Band 50900

Ebenfalls von Bob Konrad und Artur Bodenstein im Arena Verlag erschienen:
Fanta Lemonski. Die Sache mit dem Zombie-Pony

Bob Konrad,
am Faschingsdienstag 1968 in Heidelberg geboren, ist leidenschaftlicher Autor von Zombie- und Katastrophenhörspielen. Außerdem schreibt er katastrophal zombiehafte Fernsehserien. Er lebt und arbeitet in Berlin. Dort ist er jedoch nur selten anzutreffen, weil er sich die meiste Zeit des Jahres auf ausgedehnten Forschungsreisen in exotischen Ländern befindet – für die er jedoch selten das Haus verlässt.

Artur Bodenstein
wurde an einem Freitag, den 13., im Jahr 1974 in Wien geboren, studierte dort an der Graphischen Lehr- und Versuchsanstalt und lebt ebenda. Er hat schon so ziemlich alles gezeichnet, was kreucht, fleucht oder sich nicht bewegt – außer dem ostafrikanischen Nacktmull. Er illustriert deshalb so viel, weil er besonders unansehnlich schreibt. Seine krakelige Schrift sieht de facto aus wie Bilder; er wäre also besser im alten Ägypten zur Welt gekommen. Da es das nicht mehr gibt, malt er einstweilen weiter. Und jetzt auch den ostafrikanischen Nacktmull.

Bob Konrad

Die Insel der Albträume und andere unbedingt geheim zu haltende Dinge

Illustriert von Artur Bodenstein

Arena

FSC
www.fsc.org
MIX
Papier aus verantwortungsvollen Quellen
FSC® C110508

1. Auflage als Arena-Taschenbuch 2016

Einband- und Innenillustrationen: Artur Bodenstein
Umschlagtypografie: KCS GmbH · Verlagsservice & Medienproduktion, Stelle/Hamburg
Gesamtherstellung: Westermann Druck Zwickau GmbH
ISSN 0518-4002
ISBN 978-3-401-50900-6

Besuche uns unter:
www.arena-verlag.de
www.twitter.com/arenaverlag
www.facebook.com/arenaverlagfans

Für Mütze, Marmelade, Neopold und Jelinek

LILITH

Eidesstattliche Erklärung

Die hier beschriebenen Ereignisse, Personen und Wesen, ihre Eigen- und Unarten entsprechen voll und ganz der Wahrheit. Alles hat sich wie beschrieben zugetragen. Wir haben nichts beschönigt, dramatisiert, hinzugefügt oder verändert. Dafür stehen wir mit unseren Namen.

Christoph Bob Konrad, *Autor*

Artur Bodenstein, *Illustrator*

Julius Amarant Nikolas Müller, *Notar*

1. Der Albdruck

Es ist eigentlich streng geheim, aber ich muss euch unbedingt erzählen, was passiert ist, auch wenn Rocky Angst hat, sie könnten ihn finden und zurückholen. Aber es ist genug Zeit vergangen und es ist wichtig, dass ihr Bescheid wisst, nur für den Fall, dass ihr eines Nachts aufwacht und einer von denen steht an eurem Bett.

Natürlich heißt Rocky nicht wirklich Rocky. Ich nenne ihn nur so, um ihn vor seinen Verfolgern zu schützen. Aber ich finde, dass der Name ausgezeichnet zu ihm passt. Eigentlich sogar besser als sein echter. Als es passierte, war Rocky zehn Jahre alt und lebte in Hellberg, einer kleinen Stadt, in der nicht viel

los ist. Um genau zu sein, ist da sogar noch weniger los als an irgendeinem anderen Ort auf der Welt und genau deshalb ist es absolut überraschend, dass Rockys großes Abenteuer ausgerechnet hier begann. Dabei hätte er es ahnen können. Denn irgendwas stimmte schon länger nicht mit ihm. Er war schlecht gelaunt. Sogar furchtbar schlecht gelaunt. Das war keine normale schlechte Laune, so wie sie jeder mal hat. Nein, das war eine Laune, die Angst machen konnte.

Es war ein Sommer, genau so, wie er sein sollte: Tagsüber war es heiß, sodass sich Rocky jeden Tag mit seinen Freunden am See treffen konnte. Am Abend zogen oftmals Gewitter auf. Durch den Himmel zuckten Blitze, der Donner grollte und der Regen prasselte auf das Dach. Rocky liebte das. Dann lag er immer in seinem Bett, die Arme hinter dem Kopf verschränkt, und zählte die Sekunden zwischen Blitz und Donner, bis er irgendwann eingeschlafen war. Doch wenn Rocky morgens aufwachte, war er schweißgebadet. In seinem

Kopf hämmerte es, als hätte sich darin ein kleiner, mieser Zwerg eingenistet, der sein Gehirn mit einer Spitzhacke bearbeitete. Wenn Rocky in den Badezimmerspiegel schaute, erschrak er vor seinem eigenen Spiegelbild. Das, was ihm dort entgegenstarrte, war nicht er, sondern ein Rocky-Monster mit Haaren, die in alle Richtungen abstanden, als hätte er in eine Steckdose gefasst. Sein Blick war finster und auf seiner Stirn hatte sich eine tiefe Schlechte-Laune-Falte gebildet, so, wie man das von Schurken aus dem Kino kennt. Außerdem hatte Rocky einen furchtbaren Geschmack im Mund – als hätte er in der Nacht eine nasse Katze abgeschleckt. Dieser fiese Geschmack war auch nach dem Zähneputzen noch da. Und nach dem Frühstück. Vielleicht hätten drei Kugeln Zitroneneis geholfen, was ich aber nicht mit Bestimmtheit sagen kann, denn Rocky hasste Zitroneneis und aß niemals welches.

Rocky war zu dieser Zeit unberechenbar und zu allem fähig. So kam es dann auch zu dem Zwischenfall am See mit Luis. Rockys bester Freund war ein kleiner Angeber und Mädchenschwarm. Sein Vater kam aus Südamerika. Von ihm hatte Luis die Statur und die langen dunklen Haare geerbt. Im Vergleich zu seinem Freund sah Rocky selbst ... na ja, halt langweilig aus. Er hatte ein verkniffenes Würstchengesicht und Haare, deren Farbe ständig zwischen Blond und Braun wechselte, je nach Sonnenlicht. Das einzig Auffällige an ihm war seine Knubbelnase, auf die einfach keine Brille passen wollte. Das war besonders ärgerlich, weil Rocky ohne Brille nichts oder fast nichts sah.

Wenn er einen Raum mit Mädchen betrat, passierte gar nichts. Wenn Luis hingegen in denselben Raum kam, hörte man von überall leise „Ahs" und „Ohs" und „Mhms", zumindest glaubte Rocky, die zu hören. Luis drückte dann immer besonders auf die Tube, hampelte herum und erzählte blöde Witze – was Rocky normalerweise nicht störte, immerhin war Luis sein bester Freund. Aber in diesem Sommer änderte sich das.

Rocky war gerade am See angekommen, stellte sein Fahrrad ab und ging zu Luis und Norbert hinüber, die ihre Handtücher unter ein paar Bäumen und natürlich in Hör- und Sichtweite der Mädchen ausgebreitet hatten. Als Luis Rocky sah, stieß er Norbert in die Seite und prustete los.

„Ey Alter, du siehst ja aus, als hätten sie eine Atombombe auf deinem Kopf gezündet."

Norbert kippte lachend nach hinten und beömmelte sich so sehr über diesen blöden Witz, dass er fast erstickt wäre. Die Mädchen kicherten leise. Rocky schluckte die blöde Bemerkung hinunter, tat, als sei nichts gewesen, und breitete sein Handtuch aus. Aber als Luis aufstand, in die Hände spuckte, „Ich bring das mal in Ordnung!" sagte und mit seinen Rotzgriffeln Rockys Haare platt drückte, platzte ihm der Kragen. Rocky packte seinen Freund und schubste den vergeblich nach Halt suchenden Luis in eine Dornenhecke. Da lag er dann, hilflos wie ein Käfer auf dem Rücken und sah Rocky so entsetzt an, als wäre der ein Mischmaschzombie.

„Du spinnst ja!“, fauchte Norbert, schubste Rocky zur Seite und half Luis aus der Hecke. Der brauchte eine Weile, bis er sich wieder gefangen hatte.

„Du … fall tot um!“, schrie er, drehte sich um und stapfte davon.

„Du kannst dir neue Freunde suchen, Schaschlik!“, rief Norbert und lief Luis hinterher.

Am See konnte sich Rocky nicht mehr blicken lassen, das war klar. Was war nur los mit ihm? Warum war er nur so unglaublich schlecht gelaunt? Und woher kamen die pelzige Zunge und die Kopfschmerzen? Er ging nachdenklich nach Hause, verschanzte sich

in seinem Zimmer und ließ sich auch beim Abendessen nicht blicken. Seine Mutter hatte dafür vollstes Verständnis. Rockys Mama hatte immer für alles Verständnis. Sie goss ihm einen Tee auf, der furchtbar schmeckte und einen albernen Namen hatte. An Rockys Laune änderte er nichts. Er gab sich weiterhin seinen düsteren Gedanken hin. Es dauerte eine Weile. Eine sehr lange Weile, aber irgendwann fiel ihm ein, was der eigentliche Grund für seine schlechte Laune war: Das Essen war nicht schuld. Radioaktive Strahlung konnte ebenfalls nicht die Ursache sein. Genauso wenig waren Umweltgifte im Spiel. Es war die Nacht! Sie war schuld an seiner schlechten Laune.

Jedes Mal wenn Rocky die Augen schloss und einschlief, geschah das Gleiche. Er träumte einen Traum, der beängstigend real war. Dann lag er nicht mehr in seinem Bett, sondern stand in einem dunklen Dings. Bei diesem Dings handelte es sich entweder um eine kleine dunkle Stadt oder eine große dunkle Höhle. So genau konnte er das nicht sagen, denn es war – wie gesagt – ziemlich dunkel. Links und rechts von ihm ragten steile Felswände empor, in die grobe Fenster und Balkone gehauen waren. Dort hingen seltsame Kleidungsstücke zum Trocknen: riesige, unförmige Hosen mit drei oder mehr Beinen und

Hemden, die sicher nicht für Menschen gemacht waren. Die Luft war feucht, irgendwie verbraucht und es roch stechend nach Raubtierpisse. Rocky spürte, dass die Straße noch bis vor Kurzem überfüllt gewesen sein musste. Im Moment war jedoch niemand zu sehen.

Nacht für Nacht irrte Rocky in diesem Dings mit seinen labyrinthischen Straßen und Gassen umher. Dabei wollte er immer nur eines – wieder raus!

Aber wohin er sich auch drehte und egal wie weit er lief, das Dings nahm kein Ende. Auch war nirgends eine Tür zu sehen, die in eine der Behausungen führte. Es blieb ihm ein Rätsel, wohin die Wesen, deren Anwesenheit er noch spürte, gegangen sein mochten. Der Weg endete dann immer wieder abrupt an einem Abgrund. Vor Rockys Füßen tat sich ein endloses Nichts auf, aus dessen gurgelnden und glühenden Untiefen schwefelige Dämpfe aufstiegen. Es war wohl der Krater eines Vulkans, vielleicht auch der Vorhof zur Hölle – oder beides.

Rocky spürte die tödliche Hitze des brodelnden Magmas. Hier ging es nicht weiter. Rocky hatte keine Angst, also keine Angst im herkömmlichen Sinn. Da war nur das dumpfe Gefühl von Übelkeit in seinem Magen, sein Herz pochte bis zum Hals und er bekam nur schwer Luft. Also ja, er hatte doch Angst. Er wusste nicht, was er tun sollte. Inzwischen hatte er komplett die Orientierung verloren. Hier würde er niemals wieder herausfinden.

Plötzlich bemerkte Rocky, dass er nicht allein war. Erschrocken drehte er sich um. Vor ihm stand ein kleines, zierliches Mädchen mit blondem Haar. Sie hatte

totenblasse Haut und sah zart, ja fast zerbrechlich aus. Irgendwie unschuldig. Doch etwas ließ Rocky das Blut in den Adern gefrieren: Das Mädchen hatte keine Augen. Stattdessen blitzten ihn bunte Glasmurmeln aus den

dunklen Augenhöhlen an. Das Mädchen lächelte und fragte: „Spielst du mit mir?“

Sie fixierte ihn mit ihren kalten und unheimlichen Glasmurmelaugen. Ihr Grinsen wirkte wie eine düstere Drohung. Rocky lief es eiskalt den Rücken hinunter. Instinktiv wich er vor ihr zurück, rutschte ab, verlor das Gleichgewicht und stürzte rückwärts in die brodelnde Untiefe. Er fiel und fiel.

Das Mädchen schaute ihm verwundert hinterher und rief: „Und morgen? Spielst du morgen mit mir?!?“

Das war der Moment, in dem Rocky schweißgebadet aus seinem Albtraum aufschreckte.

2. Der Typ mit dem Arschknödel im Po

Jetzt, da Rocky wusste, woher seine schlechte Laune kam, war an Schlafen nicht mehr zu denken. Er saß mit angezogenen Beinen auf dem Bett und hatte Angst vor der Nacht, dem Schlaf und seinem Traum. Zwar nickte er mehrmals kurz ein, doch kaum sank sein Kopf auf seine Brust, schreckte er wieder hoch und war hellwach. Irgendwann bekam er furchtbaren Durst und trank in der Küche ein Glas Wasser. Dann setzte er sich an den Küchentisch und starrte die übrig gebliebenen Krümel vom Abendbrot an – als könnten die ihm einen Rat geben. Sollte er einfach schlafen gehen? Oder kämpfen und wach bleiben bis zum Morgen, um so einem erneuten Albtraum zu entkommen? Rocky war kraftlos und unentschieden. Dann spürte er etwas, das ihm das Blut in den Adern gefrieren ließ: Ein kühler Windhauch strich um seine Fersen.

Wie jetzt?, denkt ihr sicher, was für ein Weichei! Der hat Angst vor ein bisschen kühler Luft? Ja. Denn diese kühle Luft kam aus seinem Zimmer. Und dort, da war er sich absolut sicher, stand kein Fenster offen. War vielleicht ein Dieb eingebrochen? Oder ein Mörder? Oder doch ein Geheimdienstmitarbeiter, der ihn heimlich mit radioaktiver Strahlung krank machen wollte?

In seinem Zimmer rumpelte es leise und ... Rocky spitzte die Ohren. Ja, da schimpfte und fluchte jemand kaum hörbar, aber durchaus wild. Dabei fielen Worte, die ich an dieser Stelle nicht wiederholen will. Doch die Ausdrücke „verdreckter Kackmüll", „dünnschissiger Popelfresser" und sogar „filziger Pavianarsch" waren auf jeden Fall dabei.

Wie um alles in der Welt konnte das sein? Und vor allem, wer konnte das sein? Rockys Eltern schliefen

längst. Die Türe zu ihrem Zimmer war fest verschlossen. Außerdem fluchten sie nie, nie, niemals. Rocky rutschte vom Stuhl, schlich auf Zehenspitzen zur Tür und spähte vorsichtig durch den schmalen Spalt. Ihm stockte der Atem. In seinem Zimmer war jemand ... oder vielmehr etwas. Ein Mann mit Stirnglatze. Nicht viel größer als Rocky selbst.

Der Typ trug einen Pullunder über einem ordentlich gebügelten weißen Hemd. Aber auch wenn er aussah wie ein kleinwüchsiger Bankangestellter, war er ganz sicher keiner. Denn dieser Typ hatte kleine Hörner auf dem Kopf.

Außerdem hatte dieser Kerl keine Füße, sondern stakste auf Hufen durch Rockys Zimmer. Das sah reichlich komisch aus. Auf Hufen lässt es sich nur schlecht aufrecht gehen und so wirkte das Ganze, als hätte der Typ einen Arschknödel im Po stecken.

Ungelenk tippelte der Eindringling durch Rockys Zimmer auf der Suche nach … ja, wonach eigentlich? Im Grunde konnte er dort nur eines suchen, was im Moment nicht da war: Rocky selbst! Als Rocky das begriff, blickte der unheimliche Besucher unvermittelt auf und in seine Richtung. Rocky glitt zur Seite in die Dunkelheit und versteckte sich hinter der Garderobe. Kurz darauf öffnete sich die Tür mit einem düsteren Knarren:

KRRRRRRRRCHCHCHCHQUIETSCHCHCHKRRRR

Hatte der Typ mit dem Arschknödel im Po ihn entdeckt? Das seltsame Wesen spähte nach links und rechts, trat in den Gang und stemmte die Fäuste in die Hüften.

„Wo ist diese Rotzgurke?“, zischte er und blickte in Richtung Küche, wo das Gurkenglas noch auf dem Tisch stand. Seine ohnehin schon fiesen Teufelsaugen verengten sich zu gefährlichen Schlitzen.

„Gurke … hm …“, brummte das Wesen gefährlich und schlich in Richtung Küche.

Rocky nutzte die Gelegenheit und huschte zurück in sein Zimmer. Dort war alles wie immer, mit einem Unterschied: Das Fenster stand offen und davor schwebte etwas, ein Schatten, der aussah wie …

Nein, das konnte eigentlich nicht sein. Rocky trat ans Fenster und schob den Vorhang beiseite. Doch! Dort, im dritten Stock des Hauses, ankerte tatsächlich ein Boot. Es sah aus wie eine kleine Schaluppe, eine Jolle oder ein

Dingi[1]. So genau konnte Rocky das nicht sagen, weil er sich null mit Booten auskannte. Auf jeden Fall war es grob aus Holz gezimmert und wurde durch einen großen Ballon in der Luft gehalten, der durch armdicke Seile mit dem Rumpf verbunden war.

Das Boot vor seinem Fenster war nicht das einzige. In Rockys Straße ankerte eine ganze Flotte von diesen Dingern. Eines schwebte vor Luis' Fenster, eines bei Maja Kawuttke, eins bei Toni Fuchs und eins bei Jasper und Yannick. Woher kamen diese Dinger auf einmal? Warum hatte Rocky sie vorher noch nie bemerkt? War das eine Invasion? Eine Invasion der Typen mit Arschknödeln im Po? Er musste die Polizei rufen oder wenigstens seine Eltern aufwecken. Rocky rannte zur Tür. Doch er kam nicht weit. Der ungebetene Besucher kam zurück!

„Schimmlige Erdbeerpampe! Wo steckt das Melonengesicht?", fluchte der Typ.

Was jetzt? Wo sollte er sich hier nur verstecken? Unterm Bett? Nein, das war ja total einfallslos. Oder im Schrank? Noch viel blöder. Hastig schaute sich Rocky in seinem Zimmer um, bis sein Blick an der Fensterbank hängen blieb. Auf das Boot? Das war vielleicht nicht die beste, aber scheinbar die einzige Möglichkeit.

Vorsichtig setzte er einen Fuß auf die Planken. Das Luftschiff gab sanft nach und schwankte. Rocky blickte kurz zurück und genau in diesem Augenblick betrat der

---

1 Für alle Leser, die zufällig keine Seeleute sind, soll an dieser Stelle gesagt werden, dass eine Schaluppe ein kleines robustes Boot mit einem Mast ist. Eine Jolle ist ein sehr kleines Segelboot und bei einem Dingi handelt es sich um ein Beiboot.

seltsame Typ das Zimmer. Ohne groß darüber nachzudenken, ließ er sich auf das Boot fallen.

Sicher denkt ihr jetzt: Wow, wie mutig ist der denn? Aber das war kein Mut, das war Dummheit. Jungs machen manchmal so dummes Zeug, wenn sie nicht weiterwissen – oder auch einfach so. Rocky ist da keine Ausnahme.

Hektisch schaute er sich auf dem Luftschiff nach einem Versteck um. Vergeblich. Es gab ein Steuerrad, einen Kompass und jede Menge Seile, aber keinen Ort, an dem man sich verstecken konnte. Nur eine Luke stand offen, von der aus eine steile Treppe unter Deck führte. Sollte er …? Rocky gab sich einen Ruck und stieg schnell in die Dunkelheit hinab. Unten erwartete ihn ein entsetzlicher Geruch: Es stank nach fauligem Fisch. Rockys Augen brauchten eine Weile, bis sie sich an das schwache Licht gewöhnt hatten, das eine kleine Öllampe verbreitete. Doch dann staunte er nicht schlecht. Denn hier unten war plötzlich riesig viel Platz. Auf einmal wirkte das Boot gar nicht mehr wie eine kleine Schaluppe, eine Jolle oder ein Dingi, sondern wie ein schweres großes Schiff.

Bald wusste Rocky auch, woher der furchtbare Gestank kam. Neben einem Käfig voller Stroh, der die Hälfte des Raumes einnahm, stand ein Fass, das bis zum Rand mit stinkendem Fisch gefüllt war. Rocky hielt die

Luft an, um sich nicht übergeben zu müssen. Er hasste Fisch (mit Ausnahme von Fischstäbchen – aber auch die nur mit viel Ketchup). An der Wand der Kajüte befand sich ein großes Regal, vollgestopft mit Karten und merkwürdigen Messgeräten. Auf einem schweren Tisch aus Eichenholz lag ein dickes Logbuch.

Rocky schaute prüfend zur Treppe. Nichts. Offensichtlich suchte der Typ noch nach ihm. Also wagte er einen Blick in das Buch.

„14. August. Windstärke 2 aus Südsüdost. Zur Hundswache um 6 Glasen werfen wir Anker vor Rockys Schlafzimmer.“

Rocky erstarrte. Da stand tatsächlich sein Name! Wie konnte das sein? Er hatte sich diesem Typen doch noch gar nicht vorgestellt. Ungläubig blätterte er zurück.

„9. August. Starke Winde machen uns zu schaffen. Wir werfen erst zur Morgenwache um 1 Glasen Anker vor Rockys Schlafzimmer.“

Da, schon wieder sein Name! Die seltsamen Einträge gingen endlos weiter. Offensichtlich war das heute nicht der erste Besuch dieses Typen in seinem Zimmer.

„20. Juli. Der Junge schläft ruhig.
Später ein Albtraum 3. Grades.“
„9. Juli. Rocky schläft unruhig. Albtraum 5. Grades.“

„12. Juni. Bewegungsloser Schlaf. Albtraum 4. Grades.“
„1. Juni. Albtraum 6. Grades.“
„9. Mai. Albtraum 7. Grades.“

Rocky richtete sich auf. Jetzt war ihm wirklich übel. In seinem Kopf drehte sich alles.

Pock, pock. Das Schiff sackte plötzlich leicht nach unten durch. Der Typ war an Bord gesprungen! Jetzt musste es schnell gehen. Der Käfig! Vielleicht konnte er sich dort verstecken? Rocky sprintete los, doch das rechteckige Ding war leider schon besetzt. In der Dunkelheit hatte er gar nicht bemerkt, dass hier ein massiges, pelziges Etwas lag.

Es hob den Kopf und brummte bedrohlich: „Leschnikov? Bist du das?“

Rocky drehte sich blitzschnell um und sprang kopfüber in das Fass mit den stinkenden Fischen. Keine Sekunde zu früh, denn in dem Augenblick kam der Typ mit dem Arschknödel die Treppe herunter.

„Mopsen! Wir können Anker lichten!“

„Das ging schnell.“ Das pelzige Etwas richtete sich auf und Rocky erkannte, dass es sich um einen gigantischen Eisbären handelte. Aber das war kein gewöhnlicher Eisbär, wie man sie vom Nordpol kennt. Eine fürchterliche Narbe lief quer über sein Gesicht. Sein Fell war zerzaust und die Tätowierung einer seltsamen Frau zierte seinen kräftigen Oberarm. Nur die albern gepunktete Hose passte irgendwie so gar nicht zu seinem Furcht einflößenden Äußeren.

„Das wird der GaD nicht gefallen, Leschnikov“, brummte der Bär.

„Ich kann nichts machen. Er träumt, was er träumt“, entgegnete der Typ, der offensichtlich Leschnikov hieß. Er setzte sich an den Tisch, um etwas in das dicke Logbuch zu schreiben.

„Hm“, brummte der Bär abfällig, griff in das Fass, in dem Rocky sich versteckte, und angelte einen Kabeljau heraus, dem er genüsslich den Kopf abbiss.

„Dnwonwama“, brummte er mit vollem Maul und stapfte nach oben. Kurz darauf hörte man Mopsens schwere Schritte an Deck. Offenbar machte er das Schiff los und lichtete den Anker.

Nein!, schoss es Rocky durch den Kopf. Das war eine wirklich miese Idee! Keinesfalls wollte er mit diesen komischen Typen irgendwohin fliegen. Er musste runter von dem Schiff!

Vorsichtig tauchte er aus seinem glitschigen Versteck auf, um nach einer Fluchtmöglichkeit Ausschau zu halten. Aber Pustekuchen. Leschnikov würde ihn bestimmt sofort entdecken und Fischfutter aus ihm machen.

Das Schiff schwankte leicht und setzte sich in Bewegung. Rocky saß in der Falle. „Scheiße!", entfuhr es ihm.

Leschnikov hob augenblicklich den Kopf und legte misstrauisch den Kopf schief. „Ist da jemand?" Er griff zur Öllampe, stand auf, kam herüber und entdeckte: nichts.

„Hm", grummelte Leschnikov irritiert, „komisch." Dann stakste er zum Aufgang und rief nach oben: „Mopsen, alles klar?"

Der Bär antwortete nur mit einem Brummen. Offensichtlich war er beschäftigt. Darauf schien Leschnikov gewartet zu haben. Ein Lächeln huschte über sein Gesicht. Er eilte zum Regal und holte zielsicher ein Buch hervor, das hinter einem Stapel Karten versteckt war. Es war in Leder gebunden und hatte wohl schon einiges erlebt. Leschnikov setzte sich an den Tisch und öffnete es.

Vorsichtig tauchte Rocky aus seinem Versteck auf und holte tief Luft. Keine Sekunde länger hätte er diesen ekeligen Tauchgang ausgehalten. Er spähte zu Leschnikov hinüber, der das Buch Seite für Seite mit großem Interesse las. Das konnte dauern. Verzweifelt schloss Rocky die Augen.

3. Abstieg in die Tiefe

Irgendwann erwachte Rocky aus einem unruhigen Schlaf, in den er vor unbestimmter Zeit gefallen sein musste. Leider war er noch immer in seinem stinkenden Versteck und nicht in seinem warmen und kuscheligen Bett, so wie er gehofft hatte. Also war das hier alles auch kein Traum, sondern bittere Realität. Wenigstens war er dieses Mal von seinem Albtraum verschont geblieben. Ein schwacher Trost.

Er sah sich um. Die Kajüte wirkte verlassen. Auch das Schiff schwankte nicht mehr, offensichtlich lagen sie vor Anker. An Deck war nichts zu hören, die seltsame Besatzung hatte das Schiff wohl verlassen. Endlich.

Rocky sprang angeekelt aus dem Fass und wischte sich den Fisch-Schmodder aus dem Gesicht. Er durfte keine Zeit verlieren, Mopsen und Leschnikov konnten jeden Moment zurückkehren. Schnell stieg er die Treppe hinauf, öffnete die Luke und hielt inne. Rocky blickte noch einmal zurück. Sollte er das Buch vielleicht …

Nach kurzem Zögern kletterte er wieder in die Kajüte und schob vorsichtig die Karten im Regal zur Seite. Dort stand es noch. Das Buch, dessen Inhalt Leschnikov so gefesselt hatte und das er so dringlich vor diesem Mopsen verstecken wollte. Es musste etwas ungemein Wichtiges enthalten. Rocky schlug es auf.

FORSCHUNGSTAGEBUCH
Von Doktor Heinrich Hahn.
Entdecker, Forscher, Abenteurer
Seines Zeichens Vorsitzender der brasilianischen Gesellschaft der Giftschlangenmelker.

Rocky biss sich auf die Lippe. Sollte er wirklich weiterlesen? Nervös schaute er über die Schulter. Vielleicht konnte der Inhalt des Buches ihm ja irgendwie weiterhelfen? Oder zumindest einige Fragen beantworten.

Die Neugier war stärker als die Angst. Leschnikov und der Bär würden schon nicht zurückkehren. Rocky setzte sich an den Tisch und begann zu lesen.

7. Oktober 1975, 5 Uhr 30. Endlich. Nach einer stürmischen Seereise haben wir kurz nach Sonnenaufgang unser Ziel erreicht. Die Anreise war eine Qual. Sieben Meter hohe Wellen machten dem Forschungsschiff und mir schwer zu schaffen. Unser Dampfer rollte so gefährlich hin und her, dass ich dachte, er wolle als erstes Motorschiff der Welt eine Eskimorolle[2] *ausprobieren. Meinem Magen ging es entsprechend schlecht. Ich habe noch nie in meinem Leben so viel gekotzt. (Man verzeihe mir diesen Ausdruck, aber wenn jemand mehr spuckt, als er isst, dann reicht ein so lächerlicher Begriff wie „Erbrechen" einfach nicht mehr.) Aber das Leid ist nun vergessen. Wir sind da und wir haben mein Tauchboot – die* Tabea 2 *– zu Wasser gelassen. Sie ist nicht besonders elegant und sieht eher aus wie ein kleiner Elefant aus Stahl. Aber sie wurde nicht gebaut, um einen Schönheitswettbewerb zu gewinnen. Sie soll mich dorthin bringen, wo noch nie zuvor ein Mensch gewesen ist.*

Die schwere Luke wird geschlossen, ich flute die Tanks. Die Tabea 2 *gleitet langsam mit mir in die Tiefe. Ich sehe durch das Bullauge, wie die Wellen über dem Tauchboot*

---

2 Die Eskimorolle (auch Kenterrolle) ist eine Methode, um ein gekentertes Kajak schnell, und ohne aussteigen zu müssen, wieder aufzurichten. Der Insasse dreht das Boot mithilfe seines Paddels einmal um die Längsachse.

zusammenschlagen. Dann herrscht plötzlich gespenstische Stille. Jetzt bin ich ganz auf mich allein gestellt. Unter mir gähnt ein Abgrund von 11.034 Metern: Der Marianengraben, die tiefste Tiefe unserer Ozeane. Wenn Gott will, so werde ich in fünf Stunden als erster lebender Mensch dort unten ankommen. Dann werde ich endlich in einem Atemzug genannt mit Entdeckern wie Christoph Kolumbus, David Livingstone oder Neil Armstrong[3]*. Bis dahin kann ich nur beten. Was werden die nächsten Stunden bringen?*

„Dr. Heinrich Hahn?“ Rocky hatte diesen Namen nie zuvor gehört. Wer war das? Und vor allem: Warum war

der Arschknödeltyp so an diesem Buch interessiert? Rocky las begierig weiter:

6 Uhr 11. Tauchtiefe 1.490 Meter. Mich umgibt völlige Finsternis. Kein Lichtstrahl dringt in diese Tiefe vor. Ich schalte die Außenscheinwerfer an und blicke in ein unendliches tiefblaues Nichts. Doch plötzlich hallen die Klickgeräusche eines Pottwals[4] *durch den Stahlkörper der* Tabea 2. *Sekunden später tauchen im Licht der Scheinwerfer zwei massige Körper auf. Ein Pottwal hat auf sei-*

---

3 Kolumbus, Livingstone und Armstrong waren berühmte Entdecker. Christoph Kolumbus entdeckte im Jahr 1492 Amerika, Livingstone erforschte das unbekannte Afrika und Armstrong betrat im Jahr 1969 als erster Mensch den Mond.

4 Der Pottwal (Physeter catodon) ist in allen Ozeanen verbreitet. Der bis zu 18 Meter lange und bis zu 50 Tonnen schwere Meeressäuger jagt in großer Tiefe. Seine bevorzugte Beute ist Tintenfisch, insbesondere der Riesenkalmar. Er gilt heute als bedrohte Tierart.

ner Jagd in der Tiefe einen gigantischen Riesenkalmar[5] *erbeutet. Doch so plötzlich, wie die beiden Tiere vor mir auftauchten, so schnell sind sie auch wieder aus meinem Blickfeld verschwunden.*

6 Uhr 33. Tauchtiefe 2.300 Meter. Seit einer Stunde versuche ich schon, dieses Gefühl zu ignorieren. Aber jetzt geht es nicht mehr – ich muss Pipi. Und zwar sehr, sehr, sehr dringend. Oh, ich Idiot! Jahrelange Planung, zahllose Tests und ich Trottel vergesse das Wichtigste, nämlich das Klo. Ich sehe mich verzweifelt um. In meiner Not greife ich zur Wasserflasche, die ich eigentlich mitgebracht hatte, um meinen Durst zu löschen. Jetzt leere ich sie sinnlos aus, um mich kurz darauf in sie zu erleichtern. Was für eine Wohltat! Aber was mache ich, wenn ich später Durst kriege?

10 Uhr 12 Minuten. 9.875 Meter unter der Meeresoberfläche. Ein lauter Knall reißt mich aus der Starre. Mein Tauchboot stöhnt und ächzt. In fast zehn Kilo-

5 Der Riesenkalmar (Architeuthis) ist ein zehnarmiger Tintenfisch. Er lebt in Tiefen von 500 bis 1.000 Metern. Heinrich Hahn war der erste Mensch, der einen Riesenkalamar in seiner natürlichen Umgebung beobachtete.

metern Tiefe lastet ein Druck von 170.000 Tonnen auf meiner Tabea 2*: Das Gewicht von 48 ausgewachsenen Elefanten! Die Kräfte der Wassermassen drohen, es zu zerquetschen. Wieder ein Knall. Metallbolzen schießen aus ihren Halterungen durch die enge Kabine. Hat mein letztes Stündchen etwa geschlagen? Werde ich vi…*

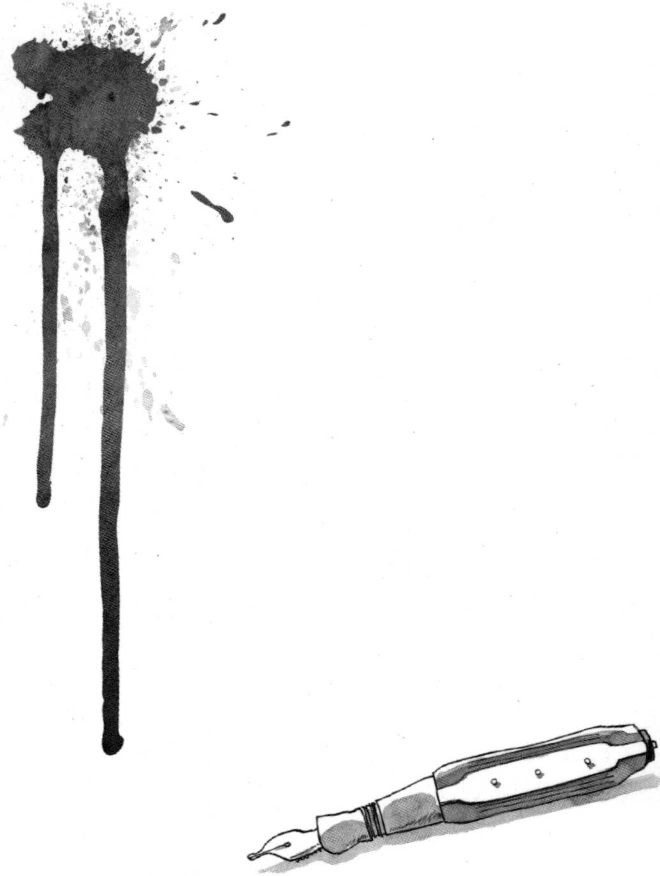

Tabea 2.

10 Uhr 35. Blut strömt mir über das Gesicht. Offensichtlich hat mich einer der Bolzen am Kopf getroffen. Doch ein Blick auf den Tiefenmesser lässt mich den Schmerz schnell vergessen: 11.034 Meter unter dem Meeresspiegel! Ich bin angekommen! Ich bin auf dem Meeresgrund! Aufgeregt blicke ich aus dem Bullauge. Mich umgibt eine bizarre zimtfarbene Wüste. Ein unbändiges Glücksgefühl überschwemmt mich. Mein großes Ziel ist erreicht! Ich bin der erste Mensch auf dem Meeresgrund!

Doch ich kann den Triumph nicht lange genießen. Ich schwenke die Scheinwerfer. Das Licht streift einen Gegenstand und mir stockt der Atem. Dort, in elf Kilometern Tiefe, steckt etwas im Schlick. Es ist eine Tafel, mit einem großen Wappen: ein weißer Ozelot[6] *auf weißem Grund. ER war vor mir da! Mein Erzfeind Vredeber von Klotz. All meine Mühe war umsonst. Ich bin nur der Zweite, für den die Wissenschaft lediglich Hohn und Spott übrig haben wird. Diese Erkenntnis lässt mich in ein tiefes Loch fallen, ein Loch, tiefer als der Marianengraben.*

Rocky tat der arme Mann leid. Die ganze Mühe, all die Anstrengung, die Kotzerei auf dem Schiff und dann … nichts. So ging es Rocky immer bei Mathearbeiten. Er konnte lernen, so viel er wollte, und bekam doch immer eine schlechte Note.

3. Januar 1976, 1 Uhr 55. Heidelberg. Ich bin in mein Haus am Philosophenweg zurückgekehrt, wo mich meine Wirtschafterin Elsbeth und der Siamkater Alfred begrüßen. Doch der liebevolle Empfang kann mich nicht über meine Niederlage hinwegtrösten. Ich werde wohl nie mit meinen großen Vorbildern mithalten können. Marco Polo, Vasco da Gama, Amundsen[7] *– sie alle lebten in einer Welt, in der es noch so viel zu entdecken gab.*

---

6 Der Ozelot (Leopardus pardalis) ist eine in Südamerika heimische Raubtierart. Der weiße Ozelot gehört – wie auch der weiße Wal „Moby Dick“ – wohl eher ins Reich der Sagen und Legenden. Warum er das Wappen der Familie von Klotz ziert, ist unbekannt und wird unter Wappenforschern heiß diskutiert.

7 Auch die Herren Polo, da Gama und Amundsen sind Entdecker. Marco Polo bereiste China, da Gama erforschte den Seeweg um das Kap der Guten Hoffnung und Amundsen erreichte als erster Mensch den Südpol.

Doch heute hat der Mensch seine Welt bis in die letzten Winkel erforscht.

Leer gleitet mein Blick über die Stadt. Kein Licht brennt. Niemand ist in den nächtlichen Gassen unterwegs. Alle flüchten sich in die trügerische Welt der Träume. Mir bleibt der tröstende Schlaf verwehrt. Doch plötzlich durchzuckt mich der Blitz der Erkenntnis! Wie falsch ist doch meine Aussage, es gäbe keine unerforschten Orte mehr. Das Gegenteil ist der Fall! Es gibt noch einen weißen Fleck auf der Weltkarte der Menschheit. Wir alle bereisen diesen Ort Nacht für Nacht, doch noch nie hat ihn jemand genau beschrieben. Mit geschlossenen Augen finden wir den Weg dorthin, aber keiner weiß zu benennen, in welcher Himmelsrichtung er liegt. Weißt du, liebes Tagebuch, von welchem wundersamen Ort ich hier schreibe? Richtig! Es ist das Land der Träume. Würde es mir gelingen, dieses Land bei vollem Bewusstsein zu bereisen – ich wäre der Erste! Mein Leben hat wieder einen Sinn. Ich werde sofort eine Expedition vorbereiten.

Pock, pock. Rocky kannte das Geräusch: Es waren Leschnikovs Hufe auf den Planken. Er kam zurück! Hastig schlug Rocky das Buch zu und stellte es wieder ins Regal. Dann hielt er erneut nach einem Versteck Ausschau. Dieses Mal ließ er das Fass links liegen und versteckte sich stattdessen im Stroh des Käfigs. Leschnikov kam die Treppe herunter. Ohne sich umzusehen, ging er zum Regal und griff zielsicher nach dem Buch, steckte es unter seinen Pullunder und huschte wieder davon.

4. Der Vulkan, ein seltsames Geräusch und Hans-Peter

Als Rocky wenig später vorsichtig an Deck ging, war die Luft rein, allerdings nicht besonders frisch. Hier herrschten mindestens hundert Grad, wahrscheinlich aber viel mehr. Rocky fürchtete, auf der Stelle zu verdampfen wie ein Frosch, der aus Versehen auf eine Herdplatte springt. Außerdem roch es eklig nach … Ja, wonach eigentlich? Rocky schnupperte noch einmal: „Eierfürze!“

Tatsächlich war die Luft schwefelgetränkt. Tief unter Rocky schimmerte es rötlich golden und es grollte und rumpelte derart, dass Schiff und Mast erzitterten. Ängstlich blickte er sich um und stellte voller Entsetzen fest, dass das Luftschiff im Innern eines aktiven Vulkans[8]

---

8 Später sollte Rocky erfahren, dass dieser Vulkan wegen seiner heißen und giftigen Dämpfe bei den Einheimischen als „Furzföhn“ bekannt ist. „Furzföhn“ ist noch vor dem Vulkan „Kilauea“ auf Hawaii der mit Abstand aktivste Vulkan der Erde, aber aufgrund seiner Abgeschiedenheit unbekannt und gänzlich unerforscht.

gelandet war. Und das Schiff war nicht das einzige hier. Dieser Vulkan diente anscheinend der ganzen Flotte als Hafen. Hunderte, Tausende oder vielleicht sogar Abermillionen Schiffe klebten an der Innenwand des Kraters. Weitere schwebten gerade lautlos, auf der Suche nach einem Ankerplatz, herein. Es ging zu wie auf einer Autobahn in Richtung Süden zu Beginn der Schulferien. Wo zum Teufel war er nur gelandet?

Rocky musste husten. Die Schwefeldämpfe, die der Vulkan ausstieß, brannten in seinen Lungen. Er musste weg von hier, und zwar schnell. Eine wackelige Planke verband das schwankende Schiff mit einer Öffnung im Fels, von der aus ein dunkler Gang in das Gestein führte. Rocky überlegte nicht lange. Er ignorierte das wabernde und blubbernde Magma, so gut es eben ging, und balancierte über den schmalen Holzsteg. Einfach nicht nach unten sehen, redete er sich ein, bis er endlich wieder festen Boden unter seinen Füßen spürte.

„Hallo?“, rief Rocky zaghaft in den Gang hinein. Keine Antwort. Er gab sich einen Ruck und machte sich auf den Weg. Bereits nach wenigen Schritten war es so dunkel, dass er die eigene Hand vor Augen nicht mehr sehen konnte. Hier hätte er nicht mal mehr einen leuchtenden Pavianpo erkannt. Eine Taschenlampe oder ein Feuerzeug wären nun Gold wert gewesen. Rocky verwünschte seine Mutter, die ihm verboten hatte, eines zu kaufen. Gefährlich sei das. Pustekuchen. Ohne Licht in einer dunklen Höhle umherzuirren – das war gefährlich! Rocky nahm sich vor, in Zukunft nicht mehr auf die unsinnigen Ratschläge seiner Mutter zu hören.

Mit ausgestreckten Armen tastete er sich weiter in die Höhle hinein. Das Grollen des brodelnden Magmas wurde langsam leiser. Stattdessen hörte Rocky, wie das Wasser von der Decke des Stollens tropfte.

Plitsch … Plitsch … Plitsch …

Nach ungefähr einer Viertelstunde erreichte Rocky eine Kreuzung. Er versuchte zu ertasten, wie viele Gänge von hier abgingen. Beim Tasten und Zählen verlor er allerdings sehr schnell den Überblick und die Orientierung. Am Ende zählte er 34 Gänge, was platzmäßig gar nicht möglich war, und irgendwann wusste er nicht mehr, wo oben und unten war oder rechts und links. Also nahm er einfach den nächstbesten Gang – eine falsche Entscheidung, denn sehr bald war da dieses Geräusch.

Wie will man es beschreiben? Es war ein fieses, hinterhältiges Geräusch. Es klang schleimig-matschig, war ein echtes Gänsehautgeräusch und hörte sich ungefähr so an:

MIIIIIES-MUSCH.

Und es wiederholte sich regelmäßig:

MIIIIIES-MUSCH, MIIIIIES-MUSCH, MIIIIIES-MUSCH.

Das seltsame Geräusch war jedoch immer nur dann zu hören, wenn Rocky sich bewegte. Kaum blieb er stehen, verstummte auch das Geräusch. Ging Rocky schneller, wurde auch das Geräusch schneller:

MIES-MUSCH, MIES-MUSCH, MIES-MUSCH, MIES-MUSCH, MIES-MUSCH.

Also konnte es nur zwei Möglichkeiten geben: Entweder Rocky verursachte das Geräusch selbst (was nicht der Fall war) oder jemand oder etwas verfolgte ihn! Und das in diesem absolut dunklen Gang. Weit weg von zu Hause. Umringt von seltsamen Luftschiffen, Furcht einflößenden Bären und Wesen mit Hörnern auf dem Kopf.

MIIIIIES-MUSCH, MIIIIIES-MUSCH, MIIIIIES-MUSCH.

Hartnäckig war der Verfolger obendrein, denn egal wohin Rocky sich wandte oder wie weit er ging, das Geräusch blieb dicht hinter ihm. Er überlegte angestrengt, was zu tun sei, ohne dabei langsamer zu werden.

Plötzlich hörte er leises Gemurmel und erstarrte. Ein Licht schimmerte in der Ferne auf und zwei unterschiedliche Stimmen näherten sich. Da die Unbekannten Taschenlampen bei sich trugen, konnte Rocky einen kurzen Blick auf die Umrisse seines Verfolgers werfen. Ihm stockte der Atem. Der Verfolger war gut drei Köpfe größer als er selbst, hatte zotteliges Fell, lange Ohren und ein mächtiges Geweih. Vor ihm stand also ein leibhaftiger, gigantischer … Dingsbums. Ein, nun ja. Ein Haselmäh … Ein, ein, ein … Hasenbock[9]! Ja, genau, ein Hasenbock. Da gab es keine zwei Meinungen.

Als die zwei Unbekannten mit den Lampen näher kamen, verschwand der Hasenbock schnell in der Dunkelheit.

Auch Rocky tastete nach einem Versteck. Er fand eine Felsspalte, die groß genug war, dass er sich darin verstecken konnte.

„Das war aber auch ein lästiger Wind heute“, sagte das erste Wesen, das einem großen Braunbären recht ähnlich sah. Zumindest war es braun und ein Bär.

„Ja, sind ganz schön spät dran“, entgegnete sein Gesprächspartner, der wiederum diesem Leschnikov irgendwie ähnlich sah. Offensichtlich waren auch die anderen Schiffe mit dem gleichen Personal besetzt wie das, mit dem Rocky hierhergekommen war.

Rocky glitt aus seinem Versteck und nahm in sicherem

9 Der Hasenbock (englisch: Jackalope) ist ein mutmaßlich in Amerika heimisches Fabelwesen. Er hat die Gestalt eines Hasen, trägt jedoch das Geweih eines Gabelbocks. Seine tatsächliche Existenz wurde bislang nicht wissenschaftlich belegt.

Abstand die Verfolgung auf. Die zwei würden ihn sicher aus dieser Dunkelheit hinausführen. Sie hatten Feierabend. Wohin sonst sollten sie gehen als nach Hause?

Sehr bald wurde der Stollen geräumiger und nach einiger Zeit sogar heller. In der Ferne glänzte ein Licht. Der kleine Punkt wurde schnell größer und Rocky stellte erleichtert fest, dass der Gang in einen beleuchteten Raum mit einer großen Tür führte. Das musste der Ausgang sein!

Rocky ließ sich zurückfallen und hielt inne. Die zwei betraten den Raum. Leider konnte er nicht erkennen, was dort vor sich ging, aber sie sprachen mit einer dritten Person – so viel war sicher. Wieder beschwerten sie sich über den Wind und wie spät es sei. Dann hörte Rocky das Quietschen der großen Tür. Ruhe. Die zwei hatten die Höhle verlassen.

Rocky wartete eine Weile. Kein Geräusch, nichts. Schließlich näherte er sich Schritt für Schritt dem Raum und erkannte schnell die Einzelheiten. Der Raum war spärlich eingerichtet. Im Grunde stand hier nur ein einziger Schreibtisch, schwach beleuchtet von einer Glühbirne, die von der Decke herabhing. Und an dem Schreibtisch saß … Nun ja, was eigentlich?

Ich habe lange mit Rocky darüber gesprochen, er konnte aber nicht wirklich beschreiben, was es war. Das Wesen war rundlich wie eine Orange und dabei doch irgendwie lang gestreckt wie eine Banane. Es war zottelig, aber nicht behaart. Es war halb Mensch, halb irgendwas. Hätte man es essen können, hätte es vielleicht wie eine Mischung aus Erdbeere und Camembert geschmeckt.

Aber das Wesen war definitiv nicht zum Verzehr geeignet. Ein Namensschild an seinem dicken Wollpullover kennzeichnete es als „Hans-Peter“.

Das Gute an Hans-Peter war, dass er schlief. Und er schnarchte. Rocky nahm allen Mut zusammen und schlich leise an dem Wesen vorbei in Richtung der massiven Tür, die hoffentlich nach draußen führte. Alles lief nach Plan. Zumindest glaubte Rocky das. Er sah ja

nicht, dass Hans-Peter hinter seinem Rücken die Augen öffnete und interessiert zusah, wie Rocky versuchte, möglichst kein Geräusch zu machen. Rocky streckte seine Hand nach der Türklinke aus. Nur noch wenige Zentimeter trennten ihn von der Freiheit.

„Wo kommst du denn her?“, fragte Hans-Peter mit echtem Interesse. Rocky fuhr erschrocken herum.

„Hans-Peter“, stammelte er, weil er nicht wusste, was er sonst hätte sagen können.

Hans-Peter stutzte. „Ach, wir kennen uns? Von welchem Schiff kommst du?“

„Von der … MS Panama[10], vielleicht?“ Das war der einzige Schiffsname, der Rocky auf die Schnelle einfiel. Er kannte ihn aus dem Gruselhörspiel „S.O.S. auf der MS Panama[11]“. Aus Hans-Peters Gesicht war abzulesen, dass er überhaupt keine Ahnung hatte, von welchem Schiff Rocky sprach. Wie auch? Offensichtlich wollte er das aber nicht zugeben.

---

10 MS ist die Abkürzung für „Motorschiff“. Derzeit sind weltweit fünf Schiffe unter dem Namen „Panama“ registriert. Ein Binnenschiff aus Belgien, ein Tanker (die „Panama 100“), zwei Frachtschiffe und ein Fischerboot (die „Panama Tuna“). Ein Luftschiff ist nicht darunter.

11 Das Gruselhörspiel „S.O.S. auf der MS Panama“ erzählt die Geschichte des Schiffsjungen José Trufero-Perez, der während einer stürmischen Überfahrt von Haiti nach New York entsetzt feststellen muss, dass sein Kapitän ein dunkler Magier ist und die Fracht der MS Panama aus blutrünstigen Zombies besteht.

„Ach so, daher also.“ Hans-Peter lächelte genau wie Rocky.

„Und wo willst du hin?“, fragte Hans-Peter, nachdem sie sich eine Weile erfolglos angelächelt hatten. Rockys Blick wanderte ängstlich zur Tür. Hans-Peter nickte.

„Gut, dann trage ich dich aus.“ Er schlug ein dickes Buch auf, griff nach einem Füller und malte einen Strich in eine bereits endlose Liste. Dann grinste er Rocky wieder an. Bedeutete das, er konnte jetzt gehen? Unsicher schritt er zur Tür, drückte die Klinke und öffnete sie. Dann blickte er sich noch einmal kurz um.

„Du solltest dich duschen, du stinkst furchtbar nach Fisch“, bemerkte Hans-Peter und lächelte abermals.

„Jaja“, stimmte Rocky zu, durchschritt die Tür und warf sie hinter sich ins Schloss. Das war einfach. Hans-Peter war augenscheinlich nicht der Hellste.

5. Ein rülpsender Frosch und alte Bekannte

Geschafft. Rocky war endlich draußen. Leider hatte sich seine Lage dadurch nicht verbessert. Im Gegenteil. Rocky war mitten in einer Großstadt gelandet. Der Lärm war ohrenbetäubend und auf den Straßen herrschte ein chaotisches Treiben. Aber das war keine normale Stadt. Die geschäftigen Bewohner waren allesamt nicht menschlicher Natur, sondern Wesen verschiedenster Art. Ein seltsamer Frosch hüpfte an Rocky vorbei, mit Füßen so groß wie Rhabarberblätter. Er war knallrosa, pickelig und trug ein Krokodilgebiss im Maul.

„Roooooooooooooooooooooooooooooooooooolps!“, rülpste der Frosch so laut, dass Rocky die Eingeweide bebten. Er blieb kurz stehen und wünschte: „Gesegnete Mahlzeit.“ Dann hüpfte er davon und verschwand im Gewusel.

Rocky blickte sich zögerlich um. Hier gab es große, kleine, behaarte und schuppige Wesen. Sie flogen, krochen, rollten oder staksten auf langen Beinen umher. Einige sahen aus, als wären sie aus verschiedenen Tierarten zusammengesetzt. Bei manchen passte der Kopf nicht zum Körper und umgekehrt. Wieder andere waren, ähnlich wie Hans-Peter, kaum zu beschreiben. So sah man hier Kugelmonster, Wesen, die eher wie Gemüse- oder Obstsorten aussahen, Teigmonster, die vor sich hin wabbelten, oder unheimliche Lichterscheinungen. Einige waren übersät mit Augen, andere hatte unzählige Arme und Beine, mehrere Köpfe oder gar keinen. Und Mund und Nase saßen auf dem Bauch oder am Po. Rocky entdeckte im Trubel auch den einen oder anderen Bären: Braun- und Schwarzbären, Pandas, Brillen- und Kragenbären oder Eisbären. Und auch die Typen mit den Arschknödeln im Po waren zahlreich unterwegs. Sie wuselten hektisch umher und sahen dabei ziemlich gestresst aus.

Einen Reim auf das alles konnte sich Rocky nicht machen. Das einzig Positive an diesem Chaos war, dass ihn anscheinend niemand beachtete. Niemand außer einem pummeligen Kugelmonster, das von mindestens hundert Augen übersät war. Es baute sich vor Rocky auf und blaffte ihn mit knarziger Stimme an: „Alter, du stinkst ja wie ein hundertjähriger Rollmops. Wer hat dich denn geträumt?“

„Geträumt? Mich? Niemand“, antwortete Rocky überrumpelt. Das Kugelwesen warf hundert kritische Blicke auf ihn, die sich anfühlten, als seien es tausend.

„So, nicht geträumt?“, knarrte das Ding. „Aber ein Nachtmahr bist du auch nicht, oder?“

„Nachtmahr? Nein. Tut mir leid!“

Ihr könnt mir glauben, Rocky wäre am liebsten

schreiend davongelaufen. Aber er war ja nicht dumm und wusste, dass es keinen Sinn hatte, blindlings wegzurennen – vor allem wenn man nicht wusste, wohin. Er verabschiedete sich stattdessen freundlich, drehte sich um und schlenderte so gelassen wie möglich davon. Zwar spürte er die brennenden Blicke des Monsters in seinem

Rücken, ließ sich aber nichts anmerken. Nachdem er ein Stück gegangen war, wagte er einen Blick zurück. Das Kugeldings war weg. Zum Glück.

Rocky lief weiter durch die überfüllten Gassen und kam aus dem Staunen nicht mehr heraus. Die Stadt schien endlos, genauso wie die Zahl ihrer Bewohner. Kein Wesen glich einem anderen. Leider hatten sie trotzdem eines gemeinsam: Sie waren alle ziemlich unhöflich. Immer wieder wurde Rocky angerempelt und niemand kam auf die Idee, sich zu entschuldigen. Glücklicherweise erreichte er nach kurzer Zeit einen großen Platz, auf dem das Gedränge etwas nachließ.

Rocky blieb stehen und schaute sich um. Langsam, ganz langsam wie die Katze die Maus, beschlich ihn eine Erkenntnis. Rocky kannte diesen Ort. Er war schon einmal hier gewesen. In seinen schlimmsten Träumen! Es gab jedoch zwei große Unterschiede: Die seltsamen Häuser hatten auf einmal Türen und alle Bewohner waren auf den Straßen unterwegs.

Bedeutete das etwa, dass er auch jetzt träumte? Diese Idee beruhigte Rocky etwas. Denn vielleicht würde er ja gleich aufwachen und alles wäre vorbei? Rocky tat also das, was man in solchen Momenten immer tut: Um aufzuwachen, kniff er sich selbst in den Oberarm. Einmal. Zweimal. Dreimal. Dann etwas fester. Und schließlich so fest, dass er es kaum aushalten konnte. Doch nichts passierte – außer dass er vom vielen Kneifen jetzt einen blauen Fleck hatte.

Rocky stand noch immer in dieser Stadt, umringt von deren seltsamen Bewohnern. Das ließ leider nur einen Schluss zu, diese Stadt war verdammt real. Realer als Rocky lieb war. Wie konnte das sein? Er musste sich setzen. So verlassen wie jetzt hatte er sich noch nie in seinem ganzen Leben gefühlt. Eine solche Erkenntnis ist nicht leicht zu verdauen. Fast hätte Rocky angefangen zu weinen, aber nur fast.

Nach einer Weile spürte er plötzlich, dass ihn jemand beobachtete. Er schaute auf.

„Scheiße!“, entfuhr es ihm gänzlich unbeabsichtigt, aber völlig zu Recht. Mitten auf dem Platz stand eine alte Bekannte, die ihn mit großen Glasmurmelaugen anblickte: das furchterregende Mädchen aus seinem Traum. Woher kam die denn auf einmal? Wie hatte sie ihn bloß gefunden? Und wer war der Mann, der neben ihr stand? Ihr Begleiter war dünn und groß geraten und hatte alles in allem entfernte Ähnlichkeit mit einer Straßenlaterne. Er trug Uniform und einen mächtigen Oberlippenbart.

Das Mädchen schaute ziemlich überrascht. Offensichtlich hatte sie Rocky erkannt und war erstaunt, ihm hier zu begegnen. Doch dann huschte ein Lächeln über ihr ebenmäßiges Gesicht, als wäre Rocky ein alter Freund, den sie nach langer Zeit endlich wiedersah.

Sie hob zaghaft die Hand und winkte freundlich. Rocky rutschte das Herz in die Hose. Es kann einem nämlich echt Angst machen, wenn man dem Wesen aus einem Albtraum in Fleisch und Blut gegenübersteht, selbst wenn es lächelt und freundlich winkt. Rocky sprang panisch auf, drehte sich um und rannte wie von der Tarantel gestochen schreiend davon. Plötzlich war es ihm vollkommen egal, wohin er rennen sollte. Sekunden später bog er um eine Ecke und, WUMMS, wurde er vom Blitz getroffen.

Na ja, nicht richtig. Es fühlte sich zwar so an, in Wahrheit war er aber nur in jemanden hineingedonnert und auf seinem Hinterteil gelandet. Rocky brauchte einen Moment, bis er wieder alle Sinne beisammenhatte, schüttelte den Kopf und schaute auf.

„Du?!?“

Rocky kannte die Person, die er fast umgerannt hatte. Es war Leschnikov, der Typ mit dem Arschknödel im Po. Er trug einen leeren Stoffbeutel bei sich. Anscheinend war er unterwegs, um Besorgungen zu machen. Leschnikov wirkte genauso überrascht wie Rocky, denn er guckte wie ein Elefant, dem ein Tiger in den Schwanz beißt.

„Oje, das gibt Ärger“, stammelte Leschnikov und stülpte Rocky kurzerhand den Stoffbeutel über den Kopf.

„Sag mal, spinnst du?“, fluchte Rocky dumpf, wurde dann aber von dem Arschknödeltyp mit einem Knuff in den Magen unterbrochen.

„Sei still, Fischgesicht! Er kommt“, zischte er leise.

Er kommt? Wer kommt?, fragte sich Rocky. Die Antwort ließ nicht lange auf sich warten.

„Leschnikov, alte Schmeißfliege. Was treibst du denn hier?“, donnerte eine tiefe Stimme, die Rocky sofort erkannte. Sie gehörte Mopsen, dem Eisbären.

„Äh …“, antwortete Leschnikov nervös. „Einkäufe. Und du?“

„Gut, dass du fragst“, antwortete der Bär mit stolz geschwellter Brust. „Die GaD hat mich zu einem Bankett eingeladen. Ich treffe mich hier mit Admiral Griseldis Hornbläser und dem Glasmurmelmädchen.“

Bei dem Wort GaD war Leschnikov merklich zusammengezuckt. Sie musste wichtig sein und mächtig. Aber wer zum Teufel war sie? Rocky hatte keinen blassen Schimmer und so sollte es auch noch eine Weile bleiben.

Der Blick des Bären fiel nun leider auch auf Rocky und er wandte sich flüsternd an Leschnikov. „Sag mal, was ist das eigentlich für ein Hajopei? Und warum hat er einen Sack über dem Kopf?"

„D-d-das? Das ist … Conan. Er hat einen Pickel auf der Nase. Deshalb der Sack", stammelte Leschnikov.

„Ja, Conan. Genau", pflichtete ihm Rocky bei. Er hatte das dumpfe Gefühl, dass der Eisbär besser nicht wissen sollte, wer in Wirklichkeit unter dem Sack steckte.

„Dich hat doch die GaD eingeladen, da solltest du keinesfalls zu spät kommen, Mopsen!", fuhr Leschnikov ausweichend fort.

„Ach so, ja, stimmt", entgegnete Mopsen, unterzog Rocky noch einmal eines prüfenden Blickes und trollte sich dann. Leschnikov atmete erleichtert aus. Er zog Rocky den Beutel vom Kopf und packte ihn an der Hand.

„Wir müssen hier weg. Du kommst mit mir mit!"

„Ich will nicht mit! Ich will nach Hause!", protestierte Rocky. „Wer bist du überhaupt und wer ist dieser sprechende Eisbär?"

„Tut nichts zur Sache. Aber wenn Mopsen dich erwischt, fegt er mit dir die Gehwege. Verstanden? Setz

deine Kapuze auf und los!“ Leschnikovs Stimme hatte einen solch bedrohlichen Unterton, dass Rocky sich nicht traute zu widersprechen. Er zog also die Kapuze seines Pullis hoch und folgte Leschnikov durch die überfüllten Straßen. Dieser war wahnsinnig aufgebracht und fluchte unablässig vor sich hin.

„Faulige Kumquat. Nichts als Ärger mit dem stinkenden Wurmwicht.“

„Redest du von mir?“, wollte Rocky nach einiger Zeit wissen.

„Sonst noch jemand da?“, blaffte Leschnikov zurück und ging weiter. Da sich niemand sonst in der Nähe befand, war die Antwort eindeutig.

„Wo gehen wir hin?“, wagte Rocky einen zweiten Versuch.

„Das wirst du noch früh genug sehen.“

Das Gespräch war offensichtlich beendet. Na ja. Dann schwieg er eben ab jetzt.

6. Abendbrot mit Conan

Leschnikov führte Rocky aus der Innenstadt hinaus in die Außenbezirke. Als es bereits dämmerte, lichtete sich der Trubel und immer weniger seltsame Monster waren zu sehen. Dafür gab es in dieser Gegend mehr von den gehörnten Typen, die Leschnikov so ähnlich sahen. Offensichtlich war das hier ihr Viertel. Die Häuser waren kleiner und windschiefer, die Gassen enger. Leschnikov schien viele der Bewohner zu kennen, denn er grüßte hin und wieder, wenn auch nicht unbedingt freundlich.

Schließlich erreichten sie den Eingang eines mehrstöckigen Hauses, dessen weinroter Anstrich bereits stark abblätterte. Leschnikov schaute sich verstohlen um. Als er sicher war, dass ihn niemand beobachtete, stieß er die Tür auf und schubste Rocky hinein. Drinnen war es schummrig und ziemlich heruntergekommen. Die Wände waren voller Schmierereien, die ich hier leider nicht wiedergeben kann, ohne mir danach Hände und Zunge waschen zu müssen. Bloß so viel, die GaD wurde darin meist auf nur wenig freundliche Art und Weise erwähnt. Irgendwo schrie ein Baby. Leschnikov legte seinen Finger auf den Mund und zeigte dann auf Rockys Füße.

„Schuhe aus!“, flüsterte er.

„Warum?“

„Pscht!“ Leschnikov schaute böse. Rocky folgte der Anweisung. So leise es eben ging, schlichen sie die schiefe und enge Wendeltreppe hinauf. Den ersten Stock meisterten sie ohne Zwischenfälle. Das Haus hatte sehr dünne Wände. Von überall her hörte man Gemurmel, Geschrei oder Gebrabbel. Als sie den zweiten Stock erreichten, passierte es. Rocky trat auf eine lockere Holzdiele, die ein leises KNARRRRZ von sich gab.

Sofort flog die nächstgelegene Tür auf und eine Frau schaute heraus. Zwar hatte auch sie Hörner und Hufe, doch ihr Gesicht war fein und ihr Blick gutmütig. Ein bisschen erinnerte sie Rocky an seine Mutter, was ihn sofort ein wenig traurig machte. Leider war die Stimme der Dame alles andere als fein und gutmütig.

„Leschnikov! Sie haben wieder Ihren Müll auf dem Gang stehen lassen. Wissen Sie nicht, dass das die Ratten anlockt?“, brüllte sie schrill.

Leschnikov schloss sichtlich genervt die Augen.

„Es tut mir leid, Frau Waldboden.“

„Und wer ist das? Stinkt nach Fisch wie ein ausgemustertes Fischerboot. Hat er sich die Hufe abgetreten?“

„Ein Gast, Frau Waldboden. Er bleibt nicht lang.“ Bevor Frau Waldboden Rocky näher mustern konnte, zog ihn Leschnikov weiter. „Sagen Sie ihrem Mitbewohner, er soll aufhören, zur Mittagszeit Trompete zu üben, sonst reißt ihm mein Mann den Kopf ab und steckt ihm das Ding in den Hals!“, keifte Frau Waldboden den beiden hinterher. „Das ist keine Trompete, das ist ein Kornett[12],

---

12 Das Kornett ist ein Blechblasinstrument, das von Laien kaum von der Trompete zu unterscheiden ist. Erfunden und konstruiert wurde es um 1828 von dem Franzosen Louis Antoine Halary. Dieser erfand auch die Ophikleide. Warum er gleich zwei seltsame Musikinstrumente erfand, ist bis heute nicht vollständig geklärt.

Frau Waldboden", antwortete Leschnikov, bugsierte Rocky in die Wohnung eine Treppe höher und schloss schnell die Tür hinter sich.

Sie standen nun in einer kleinen Wohnung. Ich will nicht übertreiben, aber es war womöglich die kleinste Wohnung, die Rocky je in seinem Leben gesehen hatte. Außer einer Kochnische gab es hier nur einen winzigen Schrank, einen Tisch und zwei Stühle. Ach so, ja und dieses Wesen. Es war etwas pelziger und molliger als Leschnikov, zählte aber sicher zur selben Gattung. Es hatte eine Möhre und einen Schäler in der Hand und trug eine abgenutzte Küchenschürze.

„Wer ist das denn?", fragte das Wesen leicht überrascht.

„Rocky. Er wird ein paar Tage bei uns wohnen."

Wohnen? Rocky bekam weiche Knie. Er hatte nicht vor, bei diesen Irren zu wohnen.

Das Wesen schüttelte empört den Kopf. „Nein, auf gar keinen Fall. Wo soll er bitte schlafen?"

„Ist ein Befehl der GaD!", log Leschnikov.

Der säuerliche Blick des Wesens wich schlagartig einem pflichtbewussten Ausdruck. Es legte Möhre und Schäler zur Seite, wischte die Hand an der Schürze ab und streckte sie Rocky entgegen.

„Ich heiße Conan. Aber glaub ja nicht, dass du nur auf der faulen Haut liegen kannst. Wir haben hier einen Spülplan!"

Rocky wurde schwarz vor Augen: Die Irren wollten tatsächlich, dass er bei ihnen blieb! „Guten Tag. Äh, Abend", brachte er nur mühsam hervor.

Doch Conan ignorierte ihn. Sein Blick galt nur dem leeren Stoffbeutel in Leschnikovs Hand.

„Und, wo ist das Hackfleisch? Du wolltest doch Hackfleisch kaufen."

Leschnikov grinste entschuldigend.

„Du hast es vergessen", stellte Conan enttäuscht fest und fuhr schnippisch fort: „Na gut, dann gibt es eben nur Möhren mit Kartoffeln. Selber schuld. Und Rocky, du solltest dich vor dem Essen duschen, du stinkst wie ein gestrandeter Tintenfisch."

Die Dusche befand sich draußen auf halber Treppe. Ein kleines Kabuff, das schimmelig roch und durch das der Wind pfiff. Nicht sehr gemütlich. Noch dazu gab es nur kaltes Wasser. Aber Rocky war froh, endlich den ekelhaften Gestank loszuwerden – und damit hoffentlich auch die blöden Bemerkungen zum Thema Fisch. Hier konnte er außerdem in Ruhe über die letzten Stunden nachdenken.

Das alles war kein Traum, so viel stand fest. Aber was war es dann? Rocky erschauderte. Vielleicht war er in der Hölle gelandet? Ja, so musste es sein. Aber womit hatte er das verdient? Okay, er war einmal über Papas Auto gelaufen und hatte Dellen in die Motorhaube getreten. Und einmal hatte er dem Nachbarn, Herrn Krug, in die Gummistiefel gepinkelt. Aber war das wirklich so schlimm?

Der Wasserstrahl der Dusche wurde dünner. Der Duschkopf röchelte, spuckte noch zweimal rostrote Brühe, dann kam kein Wasser mehr. Super, Rocky war noch komplett eingeseift. Er stieg aus der Duschkabine und begann, sich abzutrocknen.

Siedend heiß fiel ihm eine mögliche Erklärung ein: War er vielleicht in der Hölle gelandet, weil er Luis in die Dornenhecke geschubst hatte? Das war schließlich das Letzte, was er getan hatte, bevor er hierhergekommen war. Andererseits: Hatte nicht derjenige, der so einen blöden Spruch wie den mit der Atombombe machte die Dornenhecke verdient? Doch, ja, ganz sicher. Die Dornenhecke oder noch etwas viel Schlimmeres.

Aber Rocky war nicht in der Hölle. Wo er wirklich war, erfuhr er, kurz nachdem er am Abendbrottisch Platz genommen hatte.

Conan servierte gerade das duftende Essen, als er mitten in der Bewegung erstarrte. Er schaute Rocky mit großen Augen an, als sei dieser gerade vom Himmel gefallen und direkt in die Suppenschüssel geplumpst.

„Du bist ja ein Mensch!"

Tatsächlich fühlte sich Rocky nach der Dusche endlich wieder wie ein Mensch.

„Ja und?", fragte er ganz unverblümt.

„Du bist auf der Insel der Albträume! Du darfst hier nicht sein!", schrie Conan.

Endlich! Rocky war auf der Insel der Albträume. Leider konnte er mit dieser Information überhaupt nichts anfangen. Conan hätte ebenso gut sagen können, er befände sich auf der Halbinsel der Kopffüßler oder im Tal der Rollkragenpulliträger. Dennoch hatten Conans Worte Rocky aufhorchen lassen.

„Das ist doch gut. Wenn ich hier nicht sein darf, dann ist es doch das Beste, wenn ihr mich nach Hause zurückbringt."

„Nein!", mischte sich Leschnikov unwirsch ein. „Es gibt kein Entkommen. Du musst hierbleiben. Und jetzt wird gegessen!" Leschnikov griff zur Schöpfkelle und lud sich auf. „Guten Appetit!"

„Nun ja. Guten Appetit", pflichtete ihm Conan bei und begann ebenfalls zu essen. Rocky traute seinen Ohren nicht.

„Wie? Hierbleiben? Auf gar keinen Fall!"

„Ende der Diskussion!", sagte Leschnikov barsch.

Rocky schaute ein wenig verzweifelt in die Runde. Dann fiel sein Blick auf das lecker duftende Essen. Er hatte einen solchen Hunger, dass er beschloss, alles andere später zu durchdenken.

Das Essen war verdammt lecker. Rocky aß gleich drei Portionen und vermisste nicht einmal das Hackfleisch. Das böse Erwachen kam danach. Conan hatte den Spülplan überarbeitet und Rocky eingetragen. Wie der Zufall es wollte, war Rocky schon heute mit dem Abwasch an der Reihe. Außerdem morgen und den Rest der Woche. Und auch die nächste Woche und eigentlich auch den ganzen Monat.

„Ist das nicht ein bisschen ungerecht?", fragte Rocky vorsichtig.

Conan schaute ihn mit absolutem Unverständnis an. „Ungerecht?!? Ungerecht ist ja wohl, dass du all die Jahre keinen Finger krumm gemacht hast!", schnaubte er.

„Aber ich bin doch erst heute angekommen!", erinnerte Rocky, was Conan aber nicht wirklich beeindruckte.

Um sich keinen Ärger einzuhandeln, gab Rocky klein bei und begann mit dem Abwasch. Leschnikov schob derweil den Tisch beiseite und stellte die Stühle hoch. Er öffnete den kleinen Schrank, holte mehrere Decken und zwei Matratzen heraus und rollte sie auf dem Boden aus. Das Schlaflager. Wirklich gemütlich sah das nicht aus. Aber an Schlaf konnte Rocky sowieso nicht denken. Es gab noch zu viele offene Fragen.

Unauffällig beobachtete er Leschnikov und Conan, die an der Spüle ihre Zähne putzten. Leschnikov trug inzwischen einen Schlafanzug mit

Bärchenmuster, in dem er ziemlich albern aussah. Seine unheimliche Wirkung war vollkommen dahin.

„Wer oder was seid ihr?", traute sich Rocky zu fragen.

Conan drehte sich überrascht um. „U hasch alo keynen lasse Himma?", nuschelte er, den Mund voller Zahnpasta. Rocky verstand nur Bahnhof. Conan spuckte aus und wiederholte: „Du hast also keinen blassen Schimmer?"

„Nein. Erklär's mir bitte!", bat Rocky.

Conan schaute mitleidig. Leschnikov schüttelte den Kopf.

„Wir dürfen das nicht verraten. SIE hat es verboten!"

„Wer ist ‚Sie'?"

„Die GaD Die große alte Dame. Unsere Chefin!", antwortete Conan ehrfurchtsvoll. Und dann sprudelte die ganze Wahrheit aus ihm heraus.

Er berichtete, dass Leschnikov, er und all die anderen gehörnten Wesen einer uralten Gattung angehörten. Einer Gattung der Dunkelheit, den Nachtmahren.

„Wenn bei euch die Dämmerung anbricht, steigen wir in unsere Luftschiffe, die von den Bären gesteuert werden."

Diese, so erzählte Conan mit glänzenden Augen und voll echter Bewunderung, seien dank ihres Geruchssinns hervorragende Navigatoren. „Egal ob Nebel oder Schnee, egal ob Sturm oder Gewitter, die Bären finden immer den Weg zu euch."

„Und wenn ihr bei uns seid?", wollte Rocky wissen.

„Na, ihr schlaft dann schon und wir setzen uns auf euch drauf!"

Rocky schaute fragend. „Hä?!?“

„Ihr kriegt dann keine Luft mehr“, fuhr er mit leuchtenden Augen fort, „und fangt an zu schwitzen. So pressen wir die Ängste aus euch raus und ihr bekommt Albträume! Und das Beste: Alles, was ihr träumt, wird hier zu Fleisch und Blut!“

„Deshalb die Monster!“, stellte Rocky fest. „Aber warum das alles?“

Conan senkte den Blick. Er wusste es nicht.[13]

„Das reicht jetzt!“, mischte sich Leschnikov entnervt ein. „Alles, was du wissen musst, ist das: Nimm dich in Acht vor der GaD Sie ist fürchterlich, unerbittlich und bitterböse. Wenn sie mitbekommt, dass du auf der Insel bist, wirft sie uns alle in den Furzföhn. So und jetzt ab ins Bett!“

Leschnikov und Conan kuschelten sich unter ihre Decken, drehten sich um und fingen Sekunden später an zu schnarchen. Rocky war ebenfalls ziemlich müde. Auch er schlief bald ein.

---

13 Das hat alles mit dem 13. kosmischen Gesetz zu tun. In diesem steht, dass „es alles geben muss, was es gibt“. Wie man mittlerweile weiß, verarbeiten wir in unseren Träumen Geschehnisse, die wir zuvor WIRKLICH und WAHRHAFTIG erlebt haben. Wenn nun aber ein Wesen oder Monster in einem Traum auftaucht, das es NICHT gibt, widerspricht das dem 13. kosmischen Gesetz. Weil das aber nicht sein darf, hat man sich entschlossen, die Insel der Albträume zu erschaffen. Habt ihr das verstanden? Nein? Macht nichts, ich auch nicht. Aber so steht es geschrieben.

7. Nützliche Hinweise zum Bau einer Maschine zur Überwindung des Schlafs

Ein warmer Hauch von frischer Minze weckte Rocky aus seinem traumlosen Schlaf. Er öffnete die Augen und erschrak, denn Leschnikov war nur wenige Zentimeter von seinem Gesicht entfernt und schaute finster.

„Wach auf!“, hauchte der Nachtmahr und wieder roch es nach Minze. Offensichtlich hatte er sich die Zähne frisch geputzt.

„Wir müssen zur Arbeit“, meldete sich Conan zu Wort. „Dein Frühstück steht auf dem Tisch.“

Rocky schaute sich verwirrt um. Er brauchte eine Weile, bis er sich daran erinnerte, wo er war.

„Wir kommen am Abend zurück. Du bleibst solange hier, verstanden?“, warnte Leschnikov barsch. „Auf keinen Fall gehst du raus!“ Was für ein Miesepeter, der konnte vielleicht schlechte Laune verbreiten.

Nachdem die beiden Nachtmahre gegangen waren, schüttelte Rocky den Schlaf ab und setzte sich an den

Tisch: eine Tasse Tee, eine Scheibe Graubrot, dazu Wurst und Käse. Das war alles. Keine Marmelade, nichts Süßes.

Als er in sein Käsebrot biss, überlegte Rocky, was als Nächstes zu tun sei. Hier und mit diesen zwei Verrückten sollte er den Rest seines Lebens verbringen? Niemals. Egal was Leschnikov behauptete, es musste einen Weg von hier weg geben. Es musste! Daher beschloss er, sich auf der Insel umzuschauen.

Rocky rollte seine Matratze zusammen und hievte sie in den Schrank. Dabei entdeckte er aus dem Augenwinkel einen Gegenstand, den er kannte: einen hässlichen rosaroten Rollkoffer, der – da war er sich ganz sicher – seiner Mutter gehörte. Neugierig zog Rocky den Koffer aus dem Schrank und öffnete ihn. Zu seiner absoluten Überraschung purzelten ihm noch mehr Dinge entgegen, die er kannte, zum Beispiel einige seiner Comics, sein Lieblingspullover, ein Jo-jo, der Aufziehroboter, ein paar alte Kuscheltiere. Rocky hatte immer seine Mutter im Verdacht gehabt, die Sachen heimlich zu entsorgen. Er konnte ja nicht ahnen, dass ein verrückter Nachtmahr die Dinge geklaut hatte und auf der Insel der Albträume versteckte. Aber es befand sich auch etwas in diesem Rollkoffer, das nicht Rocky gehörte: das mysteriöse Forschungstagebuch aus dem Luftschiff! Rocky war wie elektrisiert. Er hatte nicht damit gerechnet, es noch mal in die Hände zu kriegen. Ohne zu zögern, schlug er das Buch auf und begann zu lesen.

FORSCHUNGSTAGEBUCH 2. TEIL
Von Doktor Heinrich Hahn.
Entdecker, Forscher, Abenteurer.
Seines Zeichens erster weißer Medizinmann der Hunkpaka-Lakota-Sioux[14].

27. Februar 1976, 13 Uhr. Heute ist ein besonderer Tag. Um Punkt null Uhr mitteleuropäischer Zeit will ich zur Expedition in das Land der Träume aufbrechen. Mit doppelter Gründlichkeit habe ich die Reise geplant und bin nun auf alles vorbereitet. Vor mir liegt die Ausrüstung: Rucksack, Zelt, Spirituskocher, Kochgeschirr, Schlafsack, lange Hosen und kurze, Pullover, Tropenhelm, Pudelmütze, festes Schuhwerk, Sandalen, Handschuhe, Regenkleidung, Sonnenbrille, Fernglas, Vergrößerungsglas, Wasserflasche, Kompass, mehrere Hundert Meter Seil, Steigeisen, Proviant für 14 Tage, eine Kiste Zigarren und natürlich mein geliebtes Forschungstagebuch. Alles in allem eine Last von 35 Kilo. Die Expedition wird kein Spaziergang! Noch einmal gehe ich die Liste aufmerksam durch, dann bin ich bereit. Ich könnte die Welt umarmen. Ach, wäre es doch schon Nacht und würde die Uhr endlich zwölf schlagen.

28. Februar, 8 Uhr 30. Oh, was habe ich mir dabei gedacht? Die so wichtige Expedition begann mit einem

---

14 Die Hunkpaka sind ein nordamerikanischer Indianerstamm und gehören zu den Lakota aus der Sprachfamilie der Sioux. Berühmt ist vor allem ihr Häuptling Thatháhkaȋyotake (deutsch: sitzender Bulle), besser bekannt unter seinem englischen Namen „Sitting Bull“.

unglaublichen Fehlstart. 23 Uhr 35 schnürte ich mir die schweren Stiefel. Zehn Minuten später schlüpfte ich in die Jacke und hängte mir das Fernglas um. Punkt 23 Uhr 55 schulterte ich das schwere Gepäck und trat vor die Tür. Und um 23 Uhr 58 fiel mir ein, dass ich ja gar nicht wusste, wohin ich aufbrechen sollte! Auch ein Blick auf den Kompass brachte mich nicht weiter. Schon um drei Minuten nach Mitternacht musste ich die Expedition abbrechen. Ich entschloss mich zu warten. Meine Hoffnung: Wenn ich nur wach bliebe, so würde sich mir der Weg in das Land der Träume von ganz allein zeigen. Gegen drei schaute ich zum letzten Mal auf meine Uhr, bis dahin war noch nichts geschehen. Heute früh gegen sechs weckte mich Elsbeth mit einem duftenden Kaffee und einer Butterbrezel. Sie fand mich bei meiner Ausrüstung, genau in der Haltung, in der ich eingeschlafen war. Oh ja, ich war im Land der Träume gewesen, aber leider hatte ich alles verschlafen. .

18. April. Ein Monat intensiver Forschung und ich bin keinen Deut weiter. Der Schlaf ist ein übermächtiger Gegner! Gestern Abend habe ich eine Kamera auf mich gerichtet und die Ereignisse der Nacht gefilmt. Das Ergebnis war mager. Zunächst war ich noch hellwach. Dann fielen mir die Augen langsam zu. Man kann beobachten, wie mir der Kopf schwer wurde. Meine Muskeln entspannten sich, das Kinn sank auf die Brust. Die Aufnahmen beweisen sonst nicht viel, außer dass ich schnarche. Wie peinlich. Meine Frau Helga hatte also doch recht. Ein Gefühl der Sehnsucht übermannt mich beim Gedanken an meine geliebte Gattin. Wie geht es ihr und dem kleinen Hanno, unserem Sohn? Ob er gewachsen ist?

30. Mai. Liebes Tagebuch. Noch immer sind meine Bemühungen ohne Ergebnis. Doch im Moment tiefster Verzweiflung kommt mir ein verwegener Gedanke. Was, wenn ich eine Maschine konstruiere, die die ersten Anzeichen des Schlafs nutzt, um mich ihm zu entreißen? Doch was sind diese Zeichen? Erneut betrachte ich meine Filmaufnahmen: Nach dem Schließen der Augen entspannen

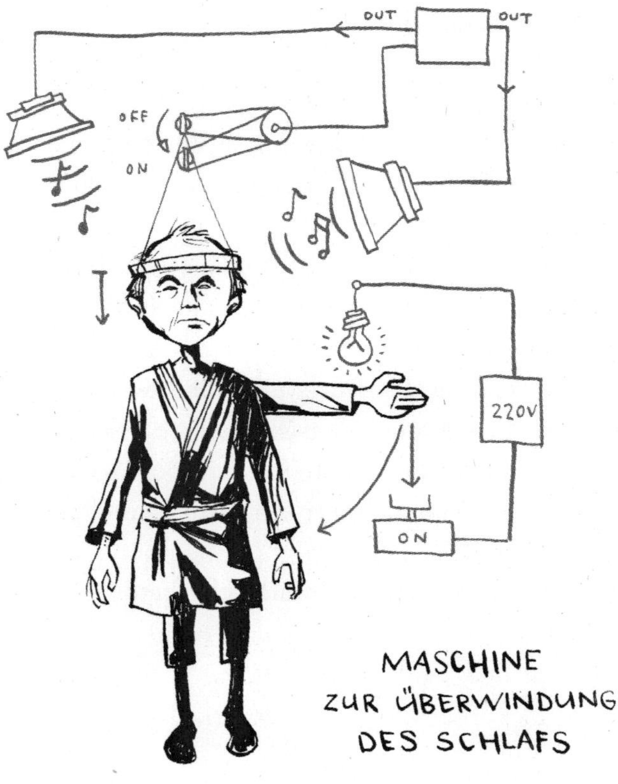

sich Geist und Körper. Ich schlussfolgere: Ein Gegenstand, den ich zu diesem Zeitpunkt in der Hand halte, würde mir unweigerlich entgleiten. Licht und Lärm würden meinen Geist neu beleben. Das ist es!

Rocky ließ das Buch sinken. Hatte Dr. Hahn die Maschine tatsächlich gebaut? Und war es ihm gelungen, den Weg auf die Insel zu finden? War er vielleicht sogar hier? Hier auf der Insel der Albträume?

Die Tür knarrte und einen Moment später betrat Conan das Zimmer, er hatte seine Mütze vergessen. Rocky sprang auf.

„Conan! Schon zurück?“

Der Nachtmahr schaute mit fragendem Blick auf den Koffer, dann auf das Buch.

„Ähm … das ist aus dem Schrank herausgefallen, als ich die Matratze zurückgestellt hab“, entschuldigte sich Rocky zögerlich.

„Das sind Leschnikovs Sachen!“, stellte Conan vorwurfsvoll fest. Auch wenn das nicht stimmte, widersprach Rocky nicht.

Conan packte das Buch und die restlichen Dinge zurück in den Koffer, bugsierte diesen wieder in den Schrank, schloss ab und steckte den Schlüssel in seine Hosentasche. Dann nahm er seine Mütze und ging ohne weiteren Gruß.

„Bis später dann“, rief ihm Rocky betont freundlich hinterher.

8. Erste Erkundungen und ein seltsames Gespräch mit einem Angler, der nicht angelt

Okay, das Buch war weg. Aber Rocky wollte sich dadurch weder entmutigen noch von seinem Fluchtplan abbringen lassen. Er wartete eine halbe Stunde, dann spähte er vorsichtig zur Tür hinaus. Nichts. Das Treppenhaus war wie ausgestorben. Nur aus der Wohnung einen Stock höher drang leises Brabbeln und Rumpeln. Außerdem roch es aus der Wohnung von Frau Waldboden köstlich nach Pfannkuchen. Rocky verdrängte seinen knurrenden Magen, zog die Schuhe aus und schlich leise die Treppe hinunter. Um die quietschende Diele machte er dieses Mal einen großen Bogen. Auf gar keinen Fall wollte er Frau Waldboden begegnen! Die würde ihn sicher nicht zum Pfannkuchenessen einladen.

Jetzt, bei Tageslicht, konnte Rocky den Vulkan Furzföhn in der Ferne gut erkennen. Über seinem Krater stieg eine schwefelgelbe Rauchfahne auf. Dort hatte er zum ersten Mal die Insel der Albträume betreten. Davor lagen die Innenstadt, der große Platz und das Tor zum Inneren des Vulkans. Rocky entschloss sich, in die andere Richtung zu gehen. Er wollte herausfinden, wie groß die Stadt war, und vor allem, wo sie endete! Um nicht aufzufallen, zog er die Kapuze seines Pullis tief ins Gesicht, blieb so nah wie möglich an den Häuserwänden und ging den Bewohnern aus dem Weg. Das klappte hervorragend, niemand schien zu bemerken, dass er ein Mensch war und hier eigentlich gar nicht sein durfte.

Irgendwann kamen Rocky immer mehr Nachtmahre mit vollgepackten Einkaufstaschen entgegen. Bald wurde ihm auch klar, warum: Vor ihm lag ein Markt. Ein Monstermarkt. Und das war wörtlich zu verstehen. An unzähligen Ständen boten Händler, allesamt Monster, ihre Waren an. Obst, Gemüse, Fisch, Fleisch, Kochtöpfe, Kleider. Alles eben. Darunter waren auch Dinge, die er von zu Hause kannte: Kaugummi, Kugelschreiber, Feuerzeuge, angebrochene Zigarettenpackungen und sogar Fernseher! Ob man hier Empfang hatte?

Interessiert schlich Rocky über den Markt und vergaß fast, was er eigentlich geplant hatte. Als er mit großen Augen die Auslagen der Stände bestaunte, hörte er plötzlich ein bekanntes Geräusch: **MIIIIIES-MUSCH, MIIIIES-MUSCH, MIIIIIES-MUSCH.**

Rocky lief es eiskalt den Rücken hinunter. Der Hasenbock verfolgte ihn wieder! Im Stollen hatte er noch gedacht, dass er ihm zufällig begegnet war, aber jetzt war Rocky sich sicher: Der Hasenbock hatte es auf ihn abgesehen. Er konnte sich drehen und wenden, wohin er wollte, der Verfolger blieb ihm dicht auf den Fersen.

MIIIES-MUSCH, MIIIES-MUSCH, MIIIES-MUSCH.

Aber dieses Mal wollte Rocky den Spieß umdrehen und dem Hasenbock eine Falle stellen. Er musste wissen, warum er ihn verfolgte. Rocky bog um die nächste Ecke in eine verlassene Straße und sprang sofort hinter eine Mülltonne. Hier wollte er seinen Verfolger abpassen und zur Rede stellen. Die Schritte wurden langsam lauter.

MIIIES-MUSCH, MIIIES-MUSCH, MIIIES-MUSCH.

Stille. Das Wesen war an der Kreuzung stehen geblieben, sein furchterregender Schatten fiel auf den Asphalt. Rocky erkannte deutlich das zottelige Fell, die grotesken Ohren und das mächtige Geweih. Er schien zu schnuppern, Witterung aufzunehmen. Rocky griff zu einer Holzlatte. Er war zu allem entschlossen und bereit, sich auf das Wesen zu stürzen, so furchterregend es auch sein mochte. Doch dann wandte sich der Schatten plötzlich ab und eilte davon.

MIES-MUSCH, MIES-MUSCH, MIES-MUSCH, MIES-MUSCH …

„Verdammt!“, Rocky kroch aus seinem Versteck und eilte zurück auf die Hauptstraße. Von dem Hasenbock war weit und breit nichts mehr zu sehen – er war in dem dichten Gedränge abgetaucht.

Rockys Knie zitterten wie Wackelpudding. Arbeitete der Hasenbock womöglich für die GaD? Würde er bald im Vulkan landen? Schnell verdrängte er diese schrecklichen Gedanken. Stattdessen beschloss er, zu seinem ursprünglichen Plan zurückzukehren.

Ohne weitere Zwischenfälle erreichte Rocky die letzten Häuser. Die Stadt endete abrupt und ging nahtlos in eine karge Ebene über. Salziger Wind strich über die steppenartige Landschaft. Es wuchs nicht viel mehr als Gras und die wenigen, verkrüppelten Bäume waren windschief wie eine Omi, die sich über ihren Krückstock beugt.

Rocky folgte einem kleinen Trampelpfad und erreichte nach längerem Fußmarsch eine beeindruckende Steilküste. Hier fiel der Fels rund hundert Meter senkrecht ab, unten lag die tiefblaue See. Über Rocky kreisten kreischend ein paar Trottellummen[15], die offenbar in der Felswand nisteten. Sonst war Rocky allein mit sich und dem Meer. Kein schönes Gefühl, denn der Blick hinaus auf die offene See machte wenig Hoffnung. Nirgendwo waren ein rettendes Schiff, nirgendwo eine andere Insel oder Land. Nur ein bizarrer Felsen, der keine hundert Meter von der Steilküste entfernt aus dem Wasser ragte. Dünn und verkrümmt wie der Finger einer Hexe wies er in den Himmel.

Bei genauerem Hinsehen entdeckte Rocky, dass obenauf, gut 30 Meter über dem Meer, ein stattliches Haus stand. Trotz der Entfernung und der Tatsache, dass das

---

15 Ja, dieser Vogel heißt tatsächlich so. Die Trottellumme gehört zu den Meeresvögeln und nistet in Kolonien an Felswänden. Sie hat ihren Namen ihrem „trotteligen“ Gang zu verdanken. Berühmt sind die Trottellummen für den „Lummelsprung“: Wenn die Eltern nicht mehr genug Nahrung herbeischaffen können, stürzen sich die Küken tollkühn die Felswand hinab ins Meer – bis zu 40 Meter tief. Von Nachahmung wird dringend abgeraten!

Haus zum Teil in Nebel gehüllt war, konnte Rocky eine Person erkennen. Sie war groß, etwas zu dünn geraten und erinnerte an eine Straßenlaterne. Ja, das musste Admiral Griseldis Hornbläser sein. Er hatte die Uniform mit einer gestreiften Badehose getauscht. Aber was tat er da?

Rocky kniff die Augen zusammen, um besser sehen zu können. Der Admiral machte ein paar Kniebeugen, gefolgt von diversen Dehnübungen – wie eine Giraffe, die aus einer Wasserstelle trinken wollte. Dann trat der Admiral an den Abgrund, hob die Arme und … sprang kopfüber in die Tiefe! Hatte der sie noch alle? Dabei konnte man sich doch das Genick brechen! Zu Rockys Überraschung war es ein sehr eleganter Sprung. Wie ein Pfeil tauchte Hornbläser in das Wasser ein, ohne dass auch nur ein einziger Tropfen aufspritzte. Das perfekte Gegenteil einer Arschbombe. Rocky war

beeindruckt. Er konnte nur Arschbomben. Vor Kopfsprüngen hatte er wahnsinnige Angst, seitdem er im Schwimmunterricht einmal einen schmerzhaften Bauchplatscher hingelegt hatte.

Kurz darauf erschien Hornbläsers Kopf wieder an der Wasseroberfläche. Wie ein Wal spuckte er Wasser, kraulte dann ein paar Züge zu einer Strickleiter und kletterte nach oben. Dort angekommen, bereitete er sich sofort auf den nächsten Sprung vor.

„Auch zum Angeln hier?"

Rocky schaute sich erschrocken um. Ein alter Nachtmahr hatte sich unbemerkt zu ihm gesellt. Sein Gesicht war faltig und wettergegerbt. Er trug lediglich einen Lendenschurz und sah auch sonst reichlich verwahrlost aus.

Rocky verstand nicht ganz. Er hatte weder Angel noch Köder dabei, wie kam der Alte auf die Idee, dass er angeln wollte? Er schüttelte den Kopf.

„Ich auch nicht", antwortete der Alte. Anscheinend waren alle auf dieser Insel ziemlich plemplem.

Der Nachtmahr schaute auf das Meer hinaus. „Gibt sowieso keine Fische mehr", stellte er bitter fest, „nur noch Monster. Das ganze Meer ist voll davon." Er spuckte verächtlich auf den Boden. „Versuch mal ein Unterwassermonster zu angeln. Geht ja nicht.“

Rocky schaute zu dem seltsamen Haus hinüber.

„Und da drüben?“

„Dort wohnt die GaD, die alte Hexe!“ Die Große alte Dame! Wie alle hier war er scheinbar nicht gut auf sie zu sprechen. „Was ist mit ihr?“ Rocky hoffte, endlich mehr über diese mysteriöse Frau herauszufinden.

Aber der Alte hob nur den Kopf, schaute in den Himmel und stellte trocken fest: „Sie kommen zurück.“

Rocky folgte seinem Blick. Und tatsächlich, gerade nahmen so viele Luftschiffe Kurs auf die Insel, dass sich der Himmel verdunkelte. Aus allen Himmelsrichtungen steuerten sie den Furzföhn an, ihren Heimathafen.

Plötzlich hatte Rocky es eilig. Er wollte unbedingt vor Leschnikov und Conan zurück in der Wohnung sein. „Ich muss leider los“, stellte er nervös fest.

Der Alte schaute traurig.

„Schade, aber komm mich doch noch mal besuchen.

Wir könnten was zusammen machen. Zum Beispiel wieder nicht angeln?“ Rocky war verwirrt.

„Ja, gute Idee“, log er und eilte in Richtung Stadt davon.

9. Grill-Lumme mit Pommes und einer guten Idee

Rocky hätte sich gar nicht so beeilen müssen. Denn Leschnikov und Conan kamen an diesem Abend erst spät in die Wohnung zurück. Ziemlich spät. Draußen war es bereits stockfinster und Rocky hatte schon geglaubt, die beiden würden gar nicht mehr wiederkommen, wären abgestürzt, aufgeflogen oder sonst was.

„Wir hatten einen widerlichen Ostwind“, erklärte Leschnikov entschuldigend, „kamen fast nicht vom Fleck.“ Er stellte eine große Papiertüte auf den Tisch. „Dafür haben wir drei gegrillte Lummen mit Pommes von Lummen-Piet[16] mitgebracht.“

Sofort verteilte er das Essen auf Tellern. Rocky wusste

---

16 „Lummen-Piet“ heißt im wahren Leben Piet Penner und betreibt eine unter Nachtmahren und Monstern gleichermaßen beliebte Imbissbudenkette. Besonders bekannt sind Piets Grill-Lummen, die wahlweise mit einer süßsaueren Mangosoße oder einer scharfen Grillsoße gereicht werden. Das Rezept für die süßsaure Mangosoße ist das bestgehütete Geheimnis auf der Insel.

nicht, ob er eine Trottellumme verspeisen wollte, aber es roch gut, das musste er zugeben.

„Wie war dein Tag?“, fragte Conan freundlich, zog seine Jacke aus und hängte sie an den Haken. Die Sache mit dem Koffer hatte er anscheinend vergessen oder vergessen wollen.

„Ganz gut“, antwortete Rocky möglichst unbeteiligt, um keinen Verdacht aufkommen zu lassen, und setzte sich an den Tisch.

Leschnikov und Conan machten sich sofort über die Vögel her – Rocky blieb lieber bei den Pommes. Beim Essen musterte er Leschnikov. Dabei fiel ihm zum ersten Mal auf, dass er anders aussah als die anderen Nachtmahre. Er war kleiner, nicht so moppelig und hatte weniger Fell. Außerdem war er nervös und fahrig. Und er kaute ständig auf seiner Unterlippe herum, so als würde er etwas aushecken. Dann noch seine grantige Art. Was war los mit ihm? Der Nachtmahr blieb ihm ein Rätsel.

„Sag mal, wo fliegst du jetzt eigentlich in der Nacht hin?“, fragte Rocky mit echtem Interesse.

„Na, zu dir. Wohin sonst?“

„Und was machst du da? Ich meine, ich bin doch gar nicht mehr dort. Sondern hier.“

„Nichts! Ich mache nichts und hoffe, dass Mopsen uns nicht auf die Schliche kommt, denn sonst ...“, Leschnikov sprach nicht weiter. Rocky steckte sich noch ein paar Pommes in den Mund. Bei dem Gedanken an zu Hause wurde er traurig.

„Hast du meine Mutter gesehen? Oder meinen

Papa?“, fragte er und schaute Leschnikov prüfend an. Der schüttelte den Kopf.

Komisch, normalerweise gingen Rocky seine Eltern tierisch auf den Keks. Er wünschte sie fast täglich wahlweise in die Hölle, auf den Mond oder in die Wüste. Manchmal auch an alle drei Orte gleichzeitig. Jetzt vermisste er sie. So sehr, dass ihm fast die Tränen in die Augen stiegen. Aber nur fast. Rocky wollte weg von dieser Insel, zurück nach Hause.

In seinen Hosentaschen suchte er nach etwas, das sein Heimweh lindern würde. Glücklicherweise fand er noch zwei von den Kaugummis, die im Mund platzen wie eine Wasserbombe und so sauer sind, dass einem das Gehirn implodiert[17]. Rocky liebte die Dinger. Er steckte sich einen in den Mund, biss zu und kaute genüsslich. Leschnikov beobachtete ihn interessiert.

„Auch einen?“, fragte Rocky. „Als Nachspeise?“

Es schadete sicher nicht, wenn er teilte. Vielleicht würde der Nachtmahr ja ein bisschen lockerer werden.

Leschnikov wirkte verlegen, brabbelte ein leises „Danke, gern“, griff zu und steckte sich den Kaugummi in den Mund. Rocky wollte ihn noch warnen, doch es war zu spät. Der Nachtmahr verzog das Gesicht. Er schüttelte erst den Kopf, dann den ganzen Körper. Er zappelte und zuckte, als hätte ihn der Blitz getroffen, fiel

17 Eine Implosion ist das Gegenteil einer Explosion, nämlich das schlagartige Zusammenfallen eines Körpers. Vorsicht: Die Implosion ist nicht minder gefährlich als eine Explosion. Alte Röhrenfernseher konnten angeblich implodieren. Früher war Fernsehen also eine gefährliche Tätigkeit und nur die Mutigsten haben es sich getraut.

vom Stuhl und blieb regungslos mit weit aufgerissenen Augen liegen. Klar: Der Kaugummi hatte sein Gehirn implodieren lassen. Das konnte schon einmal passieren, wenn man es nicht gewohnt war.

„Was ist mit ihm?“, fragte Conan besorgt. Rocky hob entschuldigend die Schultern.

In diesem Moment flackerte die Glühbirne kurz, brazzelte dann, flackerte wieder und ging schließlich ganz aus.

„Na toll“, schimpfte Conan und tastete sich in völliger Dunkelheit durch den Raum.

„Ist die Birne kaputt?“, wollte Rocky wissen.

„Nee, das sind die Idioten vom Elektrizitätswerk. Die

kriegen das mit dem Strom einfach nicht auf die Reihe“, antwortete Conan, während er eine Kerze anzündete. In ihrem Schein erwachte Leschnikov langsam aus seiner Ohnmacht.

„Wer singt da?“, fragte er verwirrt.

Rocky kannte das. Nachdem einem das Gehirn implodiert war, hatte man immer so ein Klingeln in den Ohren.

„Leschnikov. Steh auf!“ Conan half seinem Freund. Rocky war abgelenkt. Er starrte gebannt auf die Kerze, deren Wachs langsam schmolz, auf den Tisch tropfte und seltsame Formen bildete. Wie von einer Tarantel gestochen, sprang er auf und pustete sie aus. Conan war sichtlich irritiert, beziehungsweise unsichtlich, denn es war nun wieder stockfinster.

„He! Was soll das denn? So sehe ich doch nichts!“

„Ja, aber ich bin wahnsinnig müde und muss dringend ins Bett“, erklärte Rocky.

„Ist es denn schon so spät?“, fragte Conan überrascht.

„Sehr spät“, log Rocky. „Ihr habt doch morgen einen anstrengenden Tag vor euch, oder?“

„Richtig“, meldete sich Leschnikov zu Wort. „Wir sollten schlafen gehen.“ Offensichtlich war ihm der Vorfall mit dem Kaugummi peinlich, weshalb er sich so schnell wie möglich verkrümeln wollte.

„Na gut, wie du meinst“, sagte Conan und bereitete das Nachtlager vor.

Die beiden Nachtmahre hatten keine Ahnung, dass Rocky eben eingefallen war, wie er von der Insel fliehen konnte. Die Kerze spielte dabei eine zentrale Rolle.

Rockys Plan war denkbar einfach. Wie die heutige Erkundung gezeigt hatte, gab es nur einen einzigen Weg von der Insel, nämlich genau den, auf dem er auch gekommen war: mit einem Luftschiff. Schon morgen früh wollte er sich ganz einfach an Bord eines dieser Dinger schmuggeln. Der vertrottelte Hans-Peter stellte kein Problem dar, so viel war klar. Rocky musste nur sicherstellen, dass ihn die anderen Nachtmahre und Monster nicht als Mensch erkannten. Und hier kam die Kerze ins Spiel. Rocky nahm sie heimlich mit ins Bett und knetete die ganze Nacht. Als die Sonne aufging, waren sie fertig: zwei täuschend echte Hörner aus Wachs.

Rocky stand noch vor Conan und Leschnikov auf, steckte die falschen Hörner heimlich in seine Jackentasche und bereitete das Frühstück vor. Er musste dafür sorgen, dass die beiden möglichst früh das Haus verließen, damit auch er rechtzeitig die Luftschiffe erreichen würde.

„Frühstück ist fertig!“, rief er, zog den beiden Nachtmahren die Bettdecken weg und begann, die Matratzen unter ihren Popos zusammenzurollen. Leschnikov und Conan standen murrend auf und setzten sich verschlafen an den Tisch.

„Lasst es euch schmecken!“, frohlockte Rocky.

Die beiden begannen, sich Brote zu schmieren. Kaum hatte Conan ein erstes Mal abgebissen, schaute Rocky schon auf seine Uhr: „Mann, ist das spät! Wie die Zeit vergeht. Ihr müsst los!“

„Schon?“, wundert sich Conan. „Dann esse ich das Brot halt unterwegs.“

Leschnikov schaute misstrauisch. „Willst du uns loswerden? Planst du was?“

Rocky nickte. „Ja. Abwaschen, aufräumen, Boden wischen. Ich stehe auf dem Spülplan, schon vergessen?“, antwortete er und lächelte unschuldig.

„Beeil dich!“, rief Conan von der Tür.

„Na ja, der frühe Nachtmahr fängt den Traum“, sagte Leschnikov, stand auf und packte seine Sachen. An der Tür hielt er inne. „Und du machst sicher keinen Unsinn?“

„Ich? Unsinn? Niemals!“, empörte sich Rocky.

„Gut. Dann viel Spaß!“

Die beiden Nachtmahre verabschiedeten sich und brachen auf. Rocky stürzte sofort zum Spiegel. Er durfte keine Zeit verlieren. Blitzschnell holte er die beiden Hörner aus seiner Jackentasche, knetete das

Wachs und drückte es auf seine Stirn. Das Ergebnis war verblüffend: Rocky sah aus wie ein waschechter Nachtmahr. Beim Blick in den Spiegel gruselte er sich sogar vor sich selbst.

10. Armseliges Ende im Inneren des Furzföhns

Je näher Rocky dem Vulkan kam, desto dichter wurde das Gedränge. Aus allen Richtungen strömten Nachtmahre und Bären heran. Sie alle kannten nur ein Ziel: den Furzföhn. Vor dem Tor zum Vulkan hatte sich bereits eine lange Schlange gebildet. Rocky reihte sich ein. Seine Tarnung schien zu funktionieren, denn niemand beachtete ihn. Er lauschte den Gesprächen der Umstehenden: Die Bären mutmaßten, wie der Wind stehe, und die Nachtmahre fragten, ob man auch pünktlich zurückkehren werde. Was man halt so redet, wenn man auf eine Reise geht.

„Und du? Wohin geht's bei dir heute?", wollte ein Nachtmahr mit gelblichem Fell und Zahnlücke wissen.

Rocky lächelte möglichst freundlich. „Nach … Mi… Mu… Mä… Mückenloch? Vielleicht?" Er hatte keine Ahnung, ob es diesen Ort gab, aber ihm fiel einfach kein besserer ein. Der Nachtmahr schaute etwas irritiert. Rocky stürzte sich in die Menge, um Nachfragen zu verhindern.

Es wurde gedrängelt, geschubst, gepufft, getreten, gezwickt und sogar gebissen. Rocky wurde abgedrängt und beinahe an der Wand zerquetscht. Aber nicht umsonst hatte er jahrelang Erfahrungen im überfüllten Schulbus gesammelt. Er verschaffte sich mit dem Ellenbogen Platz, drückte einen besonders dicken Schwarzbären brutal zur Seite, sodass dieser mit der Schnauze an den Fels gepresst wurde, und quetschte sich durch die Tür. Tja, und dann wurde ihm schwummrig. Nicht weil es hier so eng war, nein: Hans-Peter war nicht da.

Statt des trotteligen Türwächters saß ein großes, dünnes Wesen mit langem Hals und fiesem Geiergesicht am Tisch. Mit diesem Typen – das war Rocky sofort klar – war nicht gut Kirschen essen. Auf seinem Namensschild stand: „Peter-Philipp". Sein hagerer Monsterkörper war angespannt, die Ohren waren gespitzt. Er schaute jeden prüfend an, mit einem Blick, der einem das Blut in den Adern gefrieren ließ.

Nach eingehender Prüfung aller Papiere und Dienstausweise malte Peter-Philipp einen ordentlichen und geraden Zählstrich in das Buch und widmete sich dann dem nächsten Passanten.

Rocky überlegte, was dieser Peter-Philipp mit ihm machen würde, wenn er ihn erwischte. Vielleicht würde er ihn in ein Fass mit Feuerameisen stecken? Oder noch schlimmer: mit Gelee-Bananen zu Tode füttern? Als er das so dachte, hätte Rocky sich am liebsten aus dem Staub gemacht, aber es gab kein Zurück mehr. Das Gedränge war zu dicht, sosehr sich Rocky auch dagegen sträubte, er wurde unaufhaltsam weitergeschoben. Kurz

bevor er an der Reihe war, stockte die Abfertigung jedoch.

„Weg da! Platz! Aus dem Weg!“, donnerte eine entschlossene Stimme. Admiral Griseldis Hornbläser drängelte sich durch die Masse und an Rocky vorbei. Mit ernster Miene trat er an den Tisch.

„Peter-Philipp, wir haben ein Problem“, sagte er streng.

Dem Pförtner entglitten die Gesichtszüge, wenn man das bei einem Monster, dessen Gesichtszüge ohnehin schon entglitten sind, überhaupt sagen kann. Peter-Philipp schaute halb entsetzt, halb empört. Probleme schien er nicht zu mögen. Der Admiral pfefferte ein dickes Buch auf den Tisch und schlug es auf.

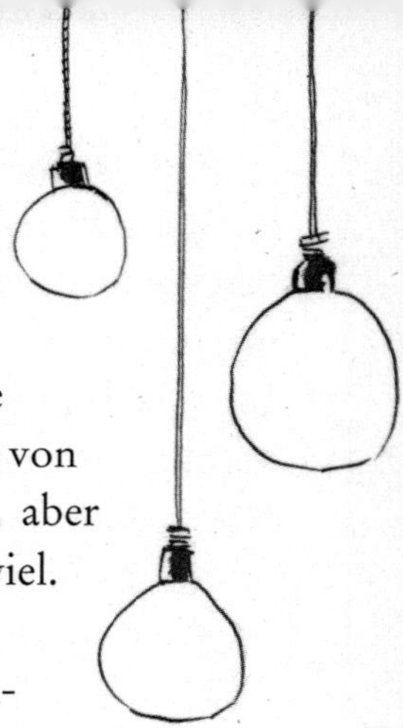

„Hier!“, Hornbläser deutete auf eine endlose Liste von Strichen. „Die Zählung von vorgestern vermerkt 345.928 Ausgänge, aber 345.929 Rückkehrer und somit einen zu viel. Wie kann das bitte sein?“

Rocky wurde bleich. Bei dem überzähligen Rückkehrer konnte es sich nur um ihn handeln. Schließlich war er vorgestern zurückgekommen, ohne gegangen zu sein. Hans-Peter hatte das pflichtbewusst festgehalten.

„Herr Admiral!“, stammelte Peter-Philipp. „Ich kann mir das nicht erklären!“

„Wer hatte Dienst?“

„Hans-Peter.“

„Hans-Peter!“, rief der Admiral. „Das war klar. Wo ist er?“

„Er hat Magengrimmen und liegt im Bett. Der Stress, Herr Admiral, der unsägliche Stress und die Verantwortung hier an der Pforte.“

Hornbläser schnaubte verächtlich und schnappte sich das Buch. „Wenn er wiederkommt, soll er sich sofort bei mir im streng geheimen Dienstzimmer melden!“, bellte er und befahl: „Weitermachen!“

Peter-Philipp sammelte sich. „Der Nächste!“, schrie er dann. Offensichtlich ließ er seine schlechte Laune an den Umstehenden aus. Keine guten Karten für Rocky.

Wieder begann das Drängeln und Schubsen. Unweigerlich wurde Rocky weiter in Richtung Schreibtisch geschoben. Vor ihm waren noch drei Nachtmahre, dann nur noch zwei und schließlich war er selbst an der Reihe. Ihm blieb nichts anderes übrig, als sich auf seine perfekte Tarnung zu verlassen. Peter-Philipp schaute von seinem Buch auf und stutzte.

„Moment mal, sind deine Hörner etwa aus Wachs?“, fragte er ungläubig.

Tja, so viel zum Thema perfekte Tarnung. Rockys Plan war gescheitert, er musste sich etwas anderes einfallen lassen.

„Hören Sie, Peter-Philipp“, flüsterte er, „ich habe zufällig gehört, dass Sie ein kleines Zählproblem haben. Wenn Sie mich jetzt rauslassen, dann würde die Rechnung wieder stimmen, verstehen Sie?“

Peter-Philipp riss die Augen auf, schaute Rocky entsetzt an. „Soll das eine Aufforderung sein, meine Pflichten zu verletzen?!?“

Alle Gespräche verstummten augenblicklich. Rocky lächelte gequält.

„Nein. Nein!“, versuchte er, die Situation zu retten. Vergebens. Peter-Philipp baute sich bedrohlich vor ihm auf. Höchste Zeit abzuhauen. Aber nach wie vor machte das Gedränge einen Rückzug unmöglich. Noch dazu waren alle Augen auf Rocky gerichtet. Peter-Phillips Hand legte sich tonnenschwer auf seinen Nacken und packte ihn am Kragen.

„Bin gespannt, was der Admiral dazu sagt. Komm mal schön mit, Bürschchen!“

Widerstand war zwecklos. Peter-Philipp zerrte ihn unerbittlich mit sich in das Innere des Vulkans. Schnell war es stockfinster. Andere Nachtmahre und Bären stieß der Torwächter unsanft beiseite. Mal bog Peter-Philipp rechts ab, mal links, dann ging es lange geradeaus und steil bergab. Schließlich einmal im Kreis, wieder nach oben und dann immer tiefer abwärts – beinahe bis zum Mittelpunkt der Erde. Selbst Ortskundige hätten mittlerweile die Orientierung verloren.

Hierher verirrte sich tatsächlich selten jemand – und

wenn, dann fand der Unglückliche nie wieder hinaus. Und so sollte es auch sein. Denn hier unten befand sich das streng geheime Dienstzimmer von Admiral Griseldis Hornbläser, in dem die Reisen von Abertausenden Luftschiffen geplant und Urlaubsanträge angenommen oder abgelehnt wurden.

Peter-Philipp klopfte an die schwere Eichentür. Zweimal kurz, zweimal lang, dreimal normal. So sah es der Einsatzplan für besondere Ereignisse vor.

Griseldis antwortete folgerichtig: „Herein, wenn es kein Schneider ist!"

Das war der Befehl einzutreten. Peter-Philipp öffnete die Tür und salutierte. Der Admiral saß hinter einem schweren Schreibtisch, auf dem sich Papierberge stapelten. Der Raum war bis unter die Decke vollgestopft mit Büchern und Dokumenten. In einem Regal an der Wand befand sich eine beachtliche Sammlung mit Kapitänsmützen aus aller Welt.

„Was gibt es?", fragte Hornbläser unwirsch.

„Herr Admiral, schauen Sie, wen oder was ich da habe!", antwortete Peter-Philipp stolz und schleuderte seinen Gefangenen vor Hornbläsers Füße. Der Admiral stand auf und blickte auf das Häufchen Elend, das bibbernd und zitternd vor ihm kauerte.

„Ja und?", fragte er sichtlich überrascht.

Denn das Häufchen Elend, das dort vor ihm lag, war nicht etwa Rocky, sondern ein ganz normaler, wenn auch recht verschreckter Nachtmahr.

„Der spinnt! Der ist total gaga!", stammelte er. „Ich hab doch gar nichts gemacht!"

Peter-Philipps Kinnlade klappte nach unten. „Äh, äh, äh …“, mehr wusste er nicht zu sagen.

Aber warum lag dort jetzt ein Nachtmahr und nicht Rocky? Was war geschehen? Um das zu erklären, müssen wir die Zeit einige Minuten zurückdrehen, bis zu dem Moment, als Peter-Philipp Rocky am Kragen packte und in den Gang hineinzerrte. Denn genau zu diesem Zeitpunkt schlüpfte Rocky geschickt aus seiner Jeansjacke heraus, deren Kragen Peter-Philipp fest umschlungen hielt. Schnell stülpte er das Kleidungsstück einem ahnungslosen Nachtmahr über, der genau in diesem Moment direkt vor ihm auftauchte. Der arme Kerl wusste nicht, wie ihm geschah, verhedderte sich heillos in der Jacke und war somit gefangen. Weil es stockfinster war, bemerkte Peter-Philipp rein gar nichts von diesem Manöver und zerrte den armen Kerl unerbittlich mit sich. Sein Jammern und Wehklagen überhörte der Torwächter ganz einfach. Und Rocky? Nun ja, Rocky war ziemlich erleichtert. Zum Glück befand sich der Gang nicht weit vom Eingang entfernt an einer Stelle, die Rocky bereits kannte. Schnell glitt er in die Felsspalte, die er bei seiner Ankunft entdeckt hatte, und wartete, bis alle Nachtmahre und Bären an ihm vorbeigezogen waren. Dann verließ er seinen Schlupfwinkel, schlich auf leisen Zehen zurück zur Pforte und trat glücklich und erleichtert auf die Straße hinaus. Möglichst unauffällig schlenderte er davon. „Puh. Das war knapp“, stöhnte er und ahnte zu diesem Zeitpunkt nicht, dass er beobachtet wurde.

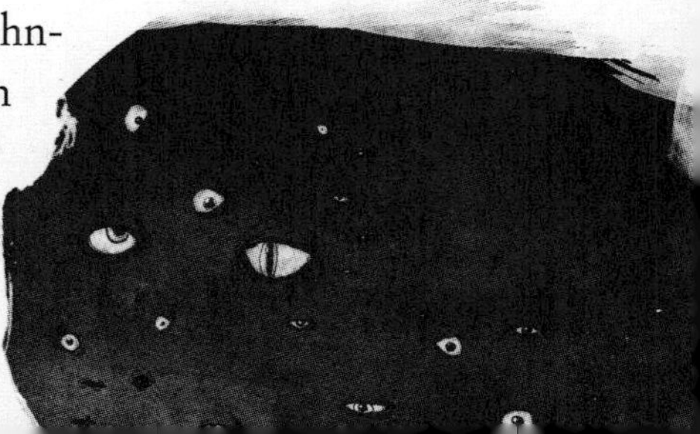

11. Ein ziemlich unerfreulicher Besuch

Rocky kehrte in die Wohnung zurück, schloss die Tür und ließ sich auf einen Stuhl fallen. Sein Plan war kolossal gescheitert, das musste er erst einmal verdauen. Trotzdem war er fast ein wenig froh darüber. Er schaute sich um. Es musste an der Wohnung liegen. Hier fühlte er sich sicher und geborgen. Beinahe wie zu Hause. Er vermisste sogar Conan und den Griesgram Leschnikov – so sehr, dass er aufräumte und für sie kochte.

Als die Nachtmahre am Nachmittag von der Arbeit zurückkehrten, stand das Essen schon auf dem Tisch.

„Es gibt Pampe mit Pampe!“, verkündete Rocky stolz. Eigentlich sollte es Nudeln mit Pampe geben, aber die Nudeln waren zu Pampe verkocht. Leschnikov und Conan ließen sich jedoch überhaupt nicht anmerken, dass es ihnen nicht schmeckte.

Rocky wollte gerade den Tisch abräumen, als es dreimal laut an der Tür klopfte. Und zwar so: poch, poch, poch. Zumindest in Rockys Ohren klang das nicht wie ein normales Klopfen. Es war das Klopfen des Grauens. Kalt, düster, unheilvoll. Rockys Nackenhaare stellten sich auf. Weil niemand öffnete, ertönte es noch einmal: poch, poch, poch.

Die drei sahen sich alarmiert an.

„Wer ist das?“, flüsterte Leschnikov. „Erwartest du jemanden?“

Conan schüttelte den Kopf und Rocky beschlich ein furchtbarer Verdacht: War vielleicht jemand auf der Suche nach ihm?

„Was machen wir jetzt?“, wollte er von Leschnikov wissen.

„Keine Ahnung“, antwortete der Nachtmahr mit leichter Verzweiflung in der Stimme. Rocky schaute sich panisch um. Wo sollte er sich verstecken?

Poch, poch, poch.

Nachdem es noch das eine oder andere Mal geklopft hatte, öffnete Leschnikov schließlich die Tür.

„Du?“, fragte er hörbar überrascht.

„Hallo, Leschnikov. Conan! Ich dachte, ich besuche euch mal.“ Es war das Glasmurmelmädchen. Ihre Stimme war unverkennbar.

„Schön, dass du uns besuchen kommst, ich backe schnell ein paar Kekse“, erklärte Conan und machte sich sofort geräuschvoll an die Arbeit.

„Drei Teller?“, stellte das Mädchen mit Blick auf den Abendbrottisch fest. „Habt ihr einen Gast?“

„Conan, der Vielfraß, kann einfach nicht genug kriegen und nimmt immer zwei Teller", fabulierte Leschnikov, lachte übertrieben und räumte das Geschirr ab. „Wie geht es der GaD? Alles in Butter?", fragte er schnell.

Das Ablenkungsmanöver war erfolgreich. Das Glasmurmelmädchen begann zu erzählen, lang und ausführlich. Es berichtete, dass es der GaD nicht so gut gehe, da sie sich Tag und Nacht Sorgen mache. „In letzter Zeit wird wahnsinnig viel geträumt, weißt du? Jeden Tag kommen neue Monster und die müssen versorgt werden!

Wo sollen die alle hin? Die GaD will vielleicht ein neues Viertel bauen lassen. Unten, am Strand."

„Soso, aha", kommentierte Leschnikov gedankenverloren.

Das Mädchen berichtete auch, dass Admiral Hornbläser nun sogar den dreifachen Salto beherrsche, aber leider immer wieder von seinen Übungen abgehalten werde. Gerade heute sei dem Admiral aufgefallen, dass die Zählung an der Pforte zum Furzföhn falsch gewesen sei. Entweder habe sich der Pförtner Hans-Peter verzählt oder jemand habe sich auf die Insel geschlichen. Derzeit werde Hans-Peter von Hornbläser persönlich verhört.

„Verschählt? Scho, scho", nuschelte Leschnikov, der gerade an einem von Conans Keksen mümmelte.

„Weißt du, was ich glaube?", fuhr das Glasmurmelmädchen fort. „Ich glaube, Rocky ist auf der Insel. Hast du ihn gesehen?"

Leschnikov bekam einen Hustenanfall und drohte, an den Kekskrümeln zu ersticken, bis ihm jemand auf den Rücken klopfte.

Rocky hatte alles mitgehört. Er hing draußen, neuneinhalb Meter über dem Erdboden. Leschnikov hatte ihm kurzerhand Conans Hosenträger angezogen und ihn an diesen aus dem Fenster gehängt. Bislang war auch alles glattgegangen, jetzt aber wurde er von einem kugeligen Monster entdeckt, das unten auf der Straße stehen blieb und besorgt nach oben schaute.

„Alles gut. Gehen Sie ruhig weiter", versuchte Rocky, das Wesen zu beruhigen, und widmete sich wieder dem Geschehen in der Wohnung.

„Rocky kann gar nicht hier sein! Menschen sind auf der Insel nicht erlaubt“, erklärte Leschnikov, der sich nur langsam von seinem Hustenanfall erholte.

„Ich habe ihn aber vorhin erst an der Pforte zum Furzföhn gesehen. Er ist mit dir auf die Insel gekommen, oder Leschnikov?“, fragte das Glasmurmelmädchen mit bohrendem Unterton.

Rocky wurde heiß und kalt. Nicht weil das Glasmurmelmädchen Leschnikov in die Enge drängte, sondern vielmehr, weil sich auf der Straße immer mehr Passanten versammelten.

„Brauchen Sie Hilfe?“, rief ein Nachtmahr besorgt.

„Nein. Ich schnappe nur etwas frische Luft“, versuchte er zu beschwichtigen.

Inzwischen hatte Leschnikov sich von dem Schock erholt.

„Das muss eine Verwechslung sein. Rocky ist in der Menschenwelt. Ich muss das wissen, ich war ja heute dort“, log er wenig überzeugend.

Das Mädchen schaute ihn streng an. „Wenn er hier ist, muss ich es wissen!“

„Natürlich, natürlich. Aber er ist nicht hier. Oder, Conan?“

Conan nickte bestätigend. „Na ja und jetzt ist es auch schon spät. Conan muss noch etwas Kornett üben. Oder, Conan?“

Conan nickte, griff zu seinem Instrument und blies eine kleine, aber laute Melodie, die jedes weitere Gespräch unmöglich machte.

„Tut mir leid“, schrie Leschnikov entschuldigend.

Das Mädchen stand auf, verabschiedete sich und ging. Wenige Sekunden später befreite Leschnikov Rocky aus seiner misslichen Lage und zog ihn eilig zurück in die Wohnung.

Rocky war froh, endlich wieder festen Boden unter den Füßen zu haben. Weniger froh war er jedoch über die Tatsache, dass Leschnikov nun wusste, dass er sich unerlaubt auf der Insel der Albträume herumgetrieben hatte. Der Nachtmahr war daher verständlicherweise richtig, richtig, richtig sauer. Also so wirklich richtig.

„Wer hat dich außer dem Glasmurmelmädchen noch gesehen?“, fragte er streng.

„Niemand“, antwortete Rocky und fügte hinzu: „Niemand außer Peter-Philipp, einigen Bären und Nachtmahren und vielleicht diesem Hornbläser. Aber sie haben mich nicht erkannt. Hoffentlich.“

„Peter-Philipp und Admiral Griseldis Hornbläser?!?“, Leschnikov bekam einen knallroten Kopf. „Harg … Nmmi … duschnumi … rrrrrrgh.“ Er wollte anscheinend etwas sagen, brachte aber vor Wut kein Wort heraus. Dann stürmte er nach draußen und schlug die Tür hinter sich zu.

Conan schaute Rocky vorwurfsvoll an. „Bist du verrückt! Weißt du, was passiert, wenn sie uns erwischen?“

„Ich wollte halt weg. Conan, ich gehöre nicht hierher. Ich will nach Hause.“

Conan überlegte lang und innig. Dann holte er tief Luft und schaute Rocky an. „Weißt du, was?"

„Nein", antwortete Rocky.

„Du und Leschnikov, ihr solltet mal miteinander reden."

Rocky verstand nicht ganz. „Wir reden doch die ganze Zeit."

Conan schüttelte den Kopf. „Ihr habt mehr gemeinsam, als du glaubst. Frag ihn. Er ist wahrscheinlich am Meer. Da ist er immer, wenn es ihm so geht."

Rocky nickte entschlossen. Dann zog er die Kapuze über den Kopf und ging.

12. Und plötzlich regnet es Rosen

Conan hatte recht, Leschnikov war tatsächlich ans Meer gegangen. Einsam und allein saß er an der Steilküste und starrte gedankenverloren in die Ferne. Rocky setzte sich zu ihm und folgte seinem Blick. Die See war auch heute spiegelglatt, nur an den Vulkaninseln kräuselten sich die Wellen.

„Wir sollten reden“, stellte Rocky schließlich fest. „Also, Conan meint, wir sollten reden.“

Aber Leschnikov hatte sich offenbar entschlossen zu schmollen und schaute Rocky nur verächtlich an. „Wüsste nicht, worüber“, war das Einzige, was er herausbrachte. Dann widmete er sich wieder dem Meer.

Rocky blieb sitzen. Lange Zeit sagte keiner der beiden ein Wort. Nur das Schnattern der Trottellummen war zu hören. Es klang fast so, als würden sich die Vögel über die beiden lustig machen. Als die Sonne unterging, saßen sie immer noch da.

„Okay, jetzt wird's langweilig", gab Leschnikov sich schließlich geschlagen.

„Also sag schon, was du zu sagen hast!"

„Es tut mir leid", erwiderte Rocky mit gesenktem Blick.

Leschnikov sah ihn überrascht an. „Es tut dir leid?"

Rocky nickte.

„Ich könnte dir unter Umständen verzeihen … wenn du mir noch so einen Kaugummi gibst. Du weißt schon, die sauren Dinger, die einem das Gehirn implodieren lassen."

„War leider der letzte", gestand er mit Bedauern.

„Schade", sagte Leschnikov und schwieg einen Moment. „Ich weiß, wie es dir geht", fuhr er schließlich fort. „Ich will ja auch weg von hier."

Rocky verstand nicht. Warum wollte der Nachtmahr weg von der Insel? Er war doch hier zu Hause! Eine Erklärung ließ nicht lange auf sich warten, denn Leschnikov hatte sich entschlossen, Rocky in seine Geheimnisse einzuweihen. Dazu holte er weit aus und erzählte die ergreifende und herzzerreißende Geschichte des Nachtmahrs John, seines Vaters.

John war als Nachtmahr überall auf der Welt unterwegs gewesen. Im undurchdringlichen Dschungel Südamerikas, auf den Gipfeln des Himalaja und an den Küsten Asiens. Jeden Tag hatte er sich pflichtbewusst auf den Weg gemacht, im Sommer bei größter Hitze, im Winter bei Eis und Schnee. Nie hatte er sich beschwert. Nie hatte er sein Tun infrage gestellt.

In einer stürmischen Herbstnacht war er auftragsgemäß in der fernen Stadt Nischni Nowgorod[18] durch das Fenster in das Schlafzimmer einer jungen russischen Kirschkernschnitzerin gestiegen. Doch kaum hatte John einen Blick auf die Schlafende geworfen, war es um ihn geschehen. Die Kirschkernschnitzerin war so schön gewesen wie die Wimpern eines Trampeltieres und so anmutig wie der Flug einer Libelle.

Sofort hatte Leschnikovs Vater alles vergessen: seine Aufgabe, sein Ziel, seinen Zweck. Und während draußen

---

18 Die russische Stadt Nischni Nowgorod wurde von dem Großfürsten Juri Wsewolodowitsch im Jahr 1221 am Zusammenfluss der Flüsse Wolga und Oka gegründet. Wie man den Namen Wsewolodowitsch richtig ausspricht, ist nur wenigen Menschen bekannt.

der Bär, der das Luftschiff steuerte, langsam ungeduldig wurde, hatte John regungslos bei der Schlafenden gesessen, sie angeschaut und sich dabei unsterblich verliebt. Als die Kirschkernschnitzerin am nächsten Morgen erwachte, regnete es Rosen. Natürlich nicht in echt, sondern nur sprichwörtlich, denn die junge Frau verliebte sich ebenfalls unsterblich in den Nachtmahr. Und während der Bär durch das Fenster kletterte, um nach dem Nachtmahr zu suchen, nahm John die junge Frau an der Hand und verließ das Haus durch den Hinterausgang. Die zwei waren entschlossen, das Leben gemeinsam zu verbringen, und zogen in die wilde, weite Welt.

„Und?", fragte Rocky interessiert, „Was ist aus ihnen geworden?"

„Zunächst lebten sie glücklich und zufrieden. Doch eines Abends kehrte die Kirschkernschnitzerin zurück und fand eine leere Hütte vor. John war spurlos verschwunden."

„Wo war er?", wollte Rocky wissen.

Leschnikov schwieg eine Weile. Dann erzählte er, dass man auf der Insel diese Liebe nicht zulassen wollte. Man informierte das Amt[19] und schickte einen Suchtrupp los, der John schließlich fand und ihn zurückbrachte.

„Und die Kirschkernschnitzerin?", wollte Rocky wissen. Leschnikov zuckte mit den Achseln. John hatte

19 Mutmaßlich bezieht sich Leschnikov auf das „Amt für die Verwaltung der Angst". Dieses ist angesiedelt in Antananarivo, Madagaskar, und wird – laut Webseite – von Hochkommissar Oscar Méténier geleitet. Was genau das Amt macht, ist nicht bekannt.

sie nie wiedergesehen. Nach einer gewichtigen Pause nannte er ihren Namen: Katjuscha Leschnikova.

„Leschnikova!“, rief Rocky. „Sie ist deine Mutter! Ein Mensch! Und du …“

„Mich hat man gemeinsam mit meinem Vater auf die Insel zurückgeholt. Ich bin hier aufgewachsen, aber war keine Sekunde glücklich.“

Leschnikov erzählte, dass er es nicht leicht gehabt hatte. Er wurde in der Schule geärgert und auf dem Spielplatz verprügelt. Man hatte ihn nie wirklich akzeptiert. Und das nur, weil seine Mutter ein Mensch war. Jetzt endlich verstand Rocky auch, warum Leschnikov anders aussah als die anderen. Warum er so griesgrämig war. Und warum er unbedingt wegwollte!

„Ich muss meine Mutter finden, verstehst du? Ich habe schon mal probiert, von hier wegzukommen, aber Mopsen hat mich erwischt.“ Dann wandte er sich zu Rocky. „Ich denke, ich brauche dich. Gemeinsam können wir vielleicht von hier abhauen!“

Rocky nickte.

„Ich bin dabei!“

13. Der Sprung in die Höllengurglerschlucht erster Teil

Als die beiden nach Hause zurückkehrten, schlief Conan tief und fest. Leschnikov öffnete leise den Schrank, holte den Rollkoffer heraus, kramte darin nach dem Buch von Dr. Heinrich Hahn und legte es auf den Tisch.

„Das kennst du ja schon", stellte er fest. Conan hatte also doch verraten, dass er Rocky damit erwischt hatte. Er wurde rot, aber den Nachtmahr schien das nicht zu interessieren.

Leschnikov schlug es auf und blätterte. „Was du aber wahrscheinlich noch nicht gelesen hast, ist das hier." Er reichte Rocky das dicke Buch.

FORSCHUNGSTAGEBUCH 3. TEIL
Von Doktor Heinrich Hahn.
Entdecker, Forscher, Abenteurer.
Träger des Orchideenordens der Königlich Indischen Gesellschaft für Tigerreiten.

13. Juni, 16 Uhr. Endlich! Nach fieberhafter Aktivität steht meine „Maschine zur Überwindung des Schlafs“ einsatzbereit vor mir. Sie ist perfekt, wunderschön und arbeitet zuverlässig. Noch heute Nacht will ich sie in Betrieb nehmen.

13. Juni, 0 Uhr. Tiefdunkle Nacht. Elsbeth ist bereits vor Stunden zu Bett gegangen, mein Kater schnurrt sanft. Im Tal ist das letzte Licht längst erloschen. Die Stadt schläft. Da nun auch mich Müdigkeit überkommt, schalte ich die Maschine an, sie beginnt, sanft zu brummen. Alles ist bereit.

14. Juni, 5 Uhr 45. Die Maschine funktioniert! Ich blieb wach. Die letzten Stunden waren ereignisreich und aufregend, ich wurde Zeuge eines Schauspiels so unbeschreiblich, so unerklärlich, so außerordentlich, dass ich erst später in aller Ausführlichkeit davon berichten kann. Eines möchte ich aber an dieser Stelle schon festhalten: Ich kenne nun den Weg in das Land der Träume.

Rocky schaute Leschnikov mit großen Augen an.
„Ist er hier? Ich meine, hier auf der Insel?“
„Lies weiter!“, befahl der Nachtmahr.

16. Juni, 18 Uhr 30 Ortszeit. Liebes Tagebuch. Es ist vollbracht. Diese Zeilen werden in die Forschungsgeschichte eingehen, denn ich schreibe sie nicht am Schreibtisch in meinem Haus am Philosophenweg. Diese Zeilen verfasse ich im Land der Träume. Ich, Dr. Heinrich Hahn, habe das mysteriöse Reich gefunden! Und nun ist auch klar, warum es so lange unentdeckt blieb: Es ist eine Insel. Verschlungene Pfade führen auf dieses Eiland, das auf keiner Karte verzeichnet ist. Alle Reisenden seien jedoch gewarnt: Den Weg hierher findet man nur, indem man die größte Angst erkennt. Zurückkehren wird aber nur derjenige, der die größte Angst auch überwindet!

Leschnikov klappte das Buch wieder zu.

„Er ist also tatsächlich hier! Woher hast du dieses Buch? Kennst du diesen Dr. Hahn?“, fragte Rocky verblüfft.

„Nein. Das Buch lag irgendwann vor meiner Tür. Keine Ahnung, woher es kommt.“ Leschnikov schaute Rocky auffordernd an. „Verstehst du nun, warum ich dich brauche? Ich bin ein Nachtmahr, ich habe keine größte Angst. Verstehst du? Du musst deine größte Angst überwinden. Nur so kommen wir von hier weg.“

Das leuchtete Rocky ein. Aber was war seine größte Angst? Er hatte keine Ahnung. Sosehr er auch nachdachte, ihm fiel nichts ein. Er fürchtete sich weder vor Spinnen noch vor Schlangen, Würmern, Zahnärzten oder Mathearbeiten – die fand er einfach nur lästig.

„Ich habe auch keine größte Angst!“

„Paperlapapp!“, empörte sich Leschnikov. „Du bist ein Mensch. Natürlich hast du eine größte Angst. Sie steckt in deinen Träumen!“

Rocky kramte in seinem Gedächtnis. Dann fiel ihm der Albtraum wieder ein: die Stadt, aus der er keinen Ausgang fand. Das Mädchen, vor dem er jede Nacht bis zu einem Abgrund flüchtete. Um dann jedes Mal erneut hineinzustürzen.

„Die Höllengurglerschlucht! Natürlich, das muss sie sein: deine größte Angst!“, rief Leschnikov begeistert.

„Die Höllengurglerschlucht?“, fragte Rocky.

„Ja! Ein fürchterlicher Abgrund im Osten der Insel. Wahnsinnig tief und wahnsinnig gefährlich, denn unten...“

„brodelt die Lava, ich weiß“, beendete Rocky den Satz.

Leschnikov war plötzlich wie elektrisiert. „Wir müssen dorthin, sofort!“, verkündete er und rüttelte Conan wach. „Aufstehen, wir gehen zur Höllengurglerschlucht!“

14. AMTLICH ERZWUNGENE GEGENDARSTELLUNG

(Liebe Leser, wir wurden leider vom Amtsgericht Heidelberg gezwungen, diesen Leserbrief zu veröffentlichen. Die Erzählung wird aber so bald wie möglich fortgeführt.)

Sehr geehrte Damen und Herren,

ich will und muss Sie an dieser Stelle warnen. Das vorliegende Buch erweckt den törichten Eindruck, dass es eine „Insel der Albträume" gibt, die sich bereisen lässt und auf der die Wesen aus unseren Träumen leben. Belegt und untermauert wird diese Behauptung durch Zitate aus einem Reisetagebuch von Dr. Heinrich Hahn.

Das ist natürlich totaler Unsinn. Es gibt diese Insel nicht. Dr. Heinrich Hahn ist ein Scharlatan. Der angebliche Forscher und Entdecker ist mehrfach durch frei erfundene Reiseberichte[20] *negativ aufgefallen. Auch das vorliegende Buch entpuppt sich bei näherer Betrachtung*

---

20 *Von Dr. Heinrich Hahn sind bisher erschienen: „Wie ich lernte, das Aas zu lieben - mein Leben unter Geiern", „Kein Ekel vor dem Egel - nackt durch die Sümpfe des Panantal" und „Keine Panik - ein absolut überlebensnotwendiger Überlebensratgeber für Abenteurer", Verlag Geschwister A. & A. Marth.*

als reine Bauernfängerei. Glauben Sie kein Wort und merken Sie sich: Träume sind Schäume[21]*!*

In der Hoffnung, für Klarheit gesorgt zu haben, grüßt herzlichst

Vredeber von Klotz

Vredeber von Klotz
Wissenschaftler, Forscher, Entdecker.
Erzfeind von Dr. Heinrich Hahn.

21 *Diese Meinung bekräftigt Vredeber von Klotz auch in seinem Buch „Ich und die Atome – eine Reise in das Innerste der Dinge“ (Verlag Horst Horstmann & keine Söhne).*

15. Der Sprung in die Höllengurglerschlucht zweiter Teil

Es war tiefdunkle Nacht, als die drei die Höllengurglerschlucht erreichten. In der Tiefe floss die Lava träge in Richtung Meer. Die Glut tauchte alles in ein blutrotes Licht. Es war gespenstisch. Rocky erkannte den Ort sofort wieder. Ja, genau hier stürzte er jede Nacht in seinen Träumen in den schwarzen Abgrund. Kein schönes Gefühl, jetzt in echt hier zu stehen, den Schwefel zu riechen und das Zittern und Beben des Erdbodens zu spüren.

Rocky blickte nach unten. Die Hitze brannte auf seinem Gesicht. Ein mulmiges Gefühl überkam ihn.

„Und was jetzt?“, fragte er mit düsterer Vorahnung.

Leschnikov trat zu ihm. „Na ja … jetzt musst du deine Angst überwinden“, stellte er mit unsicherer Stimme fest.

„Aha. Und wie?“

Leschnikov zuckte mit den Schultern.

„Ganz einfach, du musst springen!“, meldete sich Conan zu Wort.

„Ja, du musst wohl springen“, wiederholte Leschnikov, aber so richtig überzeugend klang das nicht.

Rocky schluckte. Der Sturz in die Tiefe war schon im Traum nicht gerade angenehm und es war keine schöne Vorstellung, jetzt tatsächlich zu springen. Noch dazu freiwillig. Rocky war verzweifelt: Warum hatte er ausgerechnet so eine gefährliche größte Angst? Konnte es nichts Kleineres sein? Zum Beispiel, in den Keller zu gehen, um eine Flasche Apfelsaft zu holen? Dabei gäbe es wenigstens eine gewisse Überlebenschance, aber beim Sprung in glühende Lava?

„Na los!“, feuerte ihn Conan an. „Wird schon gut gehen!“

„Ach ja?“ Rocky warf einen bangen Blick in den Abgrund. „Wie soll man das überleben?“

„Steht doch im Buch, dass das der Weg runter von der Insel ist. Also los! Passiert schon nichts“, bekräftigte Conan.

Rocky schaute Hilfe suchend zu Leschnikov, der nachdenklich in die Tiefe starrte. Also beschloss er, nicht mehr zu denken und einfach zu springen. Wenn das der einzige Weg war, musste er es versuchen. Er ging in die Knie und nahm die Arme hoch, als würde er im Schwimmbad auf einem Startblock stehen und sich auf einen Kopfsprung vorbereiten. Er ging noch einen Schritt nach vorne und dann …

„Halt, stopp!“, rief Leschnikov in letzter Sekunde.

„Was ist?“

Leschnikov schüttelte energisch den Kopf. „Die Höllengurglerschlucht ist nicht deine größte Angst."

„Hä? Was? Ist sie nicht? Was dann?"

„Es ist das Mädchen! Ihretwegen fällst du ja überhaupt erst rein!"

„Wie kommst du denn da drauf?", empörte sich Rocky. Ein Mädchen sollte seine größte Angst sein? Wie peinlich war das denn? Lieber würde er in glühende Lava springen, als das zuzugeben.

„Ja, stimmt. Leschnikov hat recht. Jungs in deinem Alter haben doch immer Angst vor Mädchen", pflichtete Conan Leschnikov bei.

Rocky lachte laut auf. „So ein Quatsch. Niemand hat Angst vor Mädchen! Außerdem … wie soll man bitte die Angst vor einem Mädchen überwinden? Selbst eins werden oder was?"

Stille. Leschnikov sah Rocky fest in die Augen.

„Nein. Du musst sie küssen!“

„Richtig! Küssen!“, echote Conan.

„Bei Euch piept es wohl!“, empörte sich Rocky und stapfte davon. „Ein Mädchen, meine größte Angst! Niemals nie! Blödsinnigster Blödsinn. Hirnverbranntes Dummgequatsche.“

16. Akkurate Beschreibung

Am nächsten Morgen war alles wie immer. Leschnikov und Conan frühstückten und packten dann ihre Sachen. Bei der Verabschiedung schaute Leschnikov Rocky eindringlich an.

„Es ist das Glasmurmelmädchen, Rocky. Überlege es dir noch mal. Das ist der einzige Weg. Nur so kommst du weg von hier.“ Dann folgte er Conan.

Rocky setzte sich. Sein Blick fiel auf Hahns Forschungstagebuch. Nachdenklich schlug er es noch einmal auf. Irgendwie hatte er die leise Hoffnung, Leschnikov könnte sich geirrt haben und es gäbe noch einen zweiten Weg von der Insel. Doch Hahns Ausführungen waren eindeutig und ließen keinen Zweifel zu: Wer die Insel verlassen will, muss die größte Angst überwinden. Punkt. Kein Wort über einen anderen Weg. Hahn beschrieb auch nicht, wie genau er auf die Insel gekommen war. Rocky blätterte weiter.

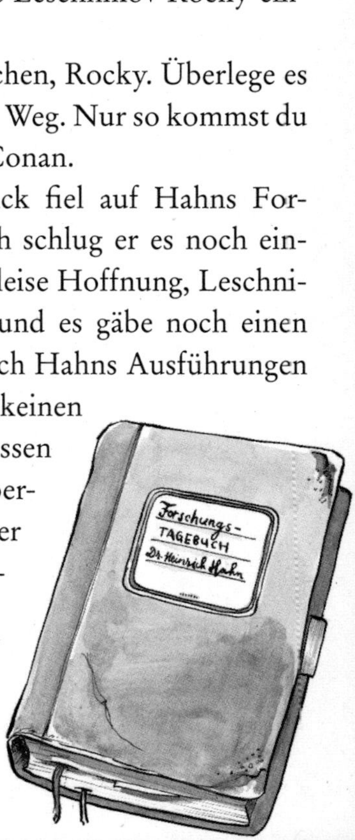

FORSCHUNGSTAGEBUCH 4. TEIL
Von Doktor Heinrich Hahn.
Entdecker, Forscher, Abenteurer.
Dreimaliger Gewinner des Kamelrennens zu Ehren von Scheich Abu bin Lift.

1. Juli 10 Uhr. Seit zwei Wochen wandle ich nun unerkannt über die Insel. Eine Verkleidung verhindert meine Enttarnung als Mensch, was unweigerlich meinen Tod zur Folge hätte. Anfänglich war ich überwältigt von dem, was ich sah. Nun kehrt mein wissenschaftlicher Scharfsinn zurück und ich will fortan haargenau beschreiben, was ich sehe.

Die Insel
Die Insel erstreckt sich über eine Fläche von 1,7 km². Die Steilküste liegt 40 Meter über dem Meeresspiegel. Die höchste Erhebung ist der Vulkan Furzföhn. Eine barometrische Messung ergab, dass der Gipfel auf 3.718 Meter über Normalnull liegt. Der Osten der Insel ist durchzogen von einem Spalt, den die Einheimischen „Höllengurglerschlucht" nennen. Über die Höllengurglerschlucht gelangt ein steter Lavastrom ins Meer.

Weiter beschrieb Dr. Hahn das Klima der Insel. Offenbar gab es dort weder Sommer noch Winter. Immer waren es um die 20 Grad Celsius. Rocky blätterte weiter. Es folgte ein Kapitel, in welchem der Doktor die einheimische Pflanzenwelt näher beschrieb. Auch den Vögeln widmete er einige Seiten, insbesondere den Trottellummen. Es folgte eine Aufzählung aller Nagetiere, Kleinsäuger, Insekten und schließlich der Bärenarten. Warum diese auf der Insel der Albträume aufrecht gingen und sprechen konnten, wusste auch Hahn nicht zu beantworten. Leider.

Dann kam der wirklich spannende Teil, denn auf den folgenden Seiten beschrieb der Doktor die weniger alltäglichen Bewohner der Insel.

Der gewöhnliche Nachtmahr
(Semihomo noctivagus)
Der gewöhnliche Nachtmahr ist das einzige ursprünglich auf der Insel heimische Lebewesen. Von der Gestalt ähnelt er dem Menschen, erreicht aber nur eine Größe von maximal 1,50 m. Er geht aufrecht auf Hufen. Auf dem Kopf trägt er kleine Hörner, die keinem erkennbaren Zweck dienen und deshalb wohl als Imponierorgane zu bezeichnen sind. Der Nachtmahr ist in der Regel unbehaart, seine Haut blassrosa. Aber es gibt auch Exemplare mit Fell. Dieses ist hellgrau bis grauschwarz, manchmal aber auch braun, weiß, schwarz oder hellorange bis dunkelrot, zuweilen auch grün oder lila. Der gewöhnliche Nachtmahr verfügt über eine außerordentliche Intelligenz, die der des Menschen in nichts nachsteht. Er baut Häuser und lebt in größeren Gruppen zusammen. Auch Rituale wie Heirat, Taufe und Bestattungen konnte ich beobachten.

Hahn schrieb noch viele Seiten über den Nachtmahr, seine Lebensweise und die Tatsache, dass er den Befehlen

Der gewöhnliche Nachtmahr

(Semihomonoctivagus)

der GaD folgt. Aber brauchbare Antworten auf Rockys dringlichste Frage lieferte er nicht. Er blätterte weiter.

Schleimscheißender Würgewurm
(Vermis praefocaris)
Der Schleimscheißende Würgewurm zählt zur Familie der Wurmartigen. Er bewegt sich kriechend bis schlängelnd vorwärts und hinterlässt eine übel riechende rosa-gelbliche Schleimspur, die ätzend wirkt. Seine blassblaue

Haut ist durchscheinend und man kann die inneren Organe gut erkennen, besonders den ausgeprägten Verdauungstrakt. Er ist im Allgemeinen freundlich, neigt aber dazu, unvorsichtige Passanten heimtückisch zu würgen.

Stelzbeiniger Laberdämlack
(Stultus morologus)

Der Stelzbeinige Laberdämlack gehört zur Familie der Stabartigen. Mit einer Schulterhöhe von drei Metern zählt er zu den größten Wesen auf der Insel. Der Laberdämlack ist wie alle Dämlacke von niedriger Intelligenz, aber immer auf der Suche nach einem Gesprächspartner. Unterhaltungen mit ihm sind derart langweilig und belanglos, dass sie lebensbedrohlich wirken können. Der Laberdämlack spuckt anderen gerne auf den Kopf. Vorsicht: Die Spucke ist klebrig und verursacht Haarausfall.

Stelzbeiniger Laberdämlack

(Stultusmorologus)

So ging das seitenweise weiter. Rocky kannte all diese Monster, er war ihnen bei seinen Streifzügen begegnet. Ein letztes Mal blätterte er um und ihm stockte der Atem.

Glasmurmelmädchen
(Virgo margarita)
Das Glasmurmelmädchen gehört zu den Menschenähnlichen. Es ist 1,50 m groß. Das Mädchen verfügt über gute Bildung, grüßt immer freundlich und hat ausgezeichnete Tischmanieren. Ihre Augäpfel bestehen aus Glasmurmeln. Links: weiße Murmel mit rot-blauem Schleier. Rechts: weiße Murmel mit grün-gelbem Schleier. Ihr Sehvermögen ist trotzdem überdurchschnittlich. Das Mädchen verfügt über einen aufgeweckten Charakter und ist überaus neugierig und unternehmungslustig. Es ist überall auf der Insel anzutreffen, besonders aber in der Nähe der GaD, zu der sie eine besondere Beziehung pflegt.

Rocky hielt inne. Was war das auf seiner Stirn? Stand da etwa der Angstschweiß? Und raste nicht auch sein Herz? Ja! Und nicht nur das. Auch seine Hände zitterten. Warum fühlte er sich plötzlich so? Rocky schluckte. Voller Entsetzen stellte er fest, dass er Angst hatte. Während ihn die Beschreibungen der furchtbarsten Wesen eiskalt ließen, machte ihn der bloße Gedanke an das Glasmurmelmädchen fix und fertig. Das konnte leider, leider, leider nur eines bedeuten: Leschnikov hatte recht! Das Mädchen war tatsächlich Rockys größte Angst. Was sollte er tun? Es gab nur eine Antwort: Wenn er nach Hause zu-

Das Glasmurmelmädchen

(Virgomargarita)

rückkehren wollte, musste er das Mädchen treffen und seine Angst überwinden.

Rocky ballte die Faust. „Na gut. So sei es!“, sagte er.

Als Leschnikov und Conan am Abend zurückkehrten, überraschte er sie mit einer vollmundigen Ankündigung. „Ich werde es tun. Ich werde sie …“, er zögerte, „na ja, ob ich sie küsse, werden wir noch sehen. Aber ich werde das Glasmurmelmädchen suchen und mit ihr reden! Gleich morgen früh.“

17. Ein Blick, der ~~nicht~~ töten kann

Leschnikov und Conan wollten unbedingt dabei sein, wenn Rocky seine größte Angst überwand. Also ließen sie Peter-Philipp gleich am nächsten Morgen ausrichten, sie seien krank und lägen mit Magengrimmen im Bett (Rocky hatte ihnen dazu geraten). Dem übellaunigen Torwächter blieb nichts anderes übrig, als den beiden einen Tag freizugeben.

Und nun beobachteten die Nachtmahre unauffällig Rocky, der wiederum den großen Platz in der Stadtmitte unauffällig beobachtete. Rocky war sich sicher, dass das Glasmurmelmädchen auftauchen würde. Im Trubel entdeckte er all die Monster, von denen er in Hahns Reisetagebuch gelesen hatte. Der „Rümpfnasige Wadenbeißer“ (Nasutus superbus) ging mit dem „Gemeinen Guhl“ (Umbra simplex) spazieren. Der „Pfauschwänzige Dämon“ (Incubus subinanis) war auf dem Weg zum Einkaufen. Auch Admiral Griseldis Hornbläser (Homo sapiens[22] admiralis) stolzierte – wie jeden Morgen – über

22 Der Begriff Homo sapiens bezeichnet den modernen Menschen. Denn ja, Admiral Griseldis Hornbläser war ein Mensch. Eine Tatsache, die auch Rocky überraschte.

den Platz, um nach dem Rechten zu sehen. Rocky konnte immer noch nicht glauben, dass dieser Hornbläser ein Mensch war. Warum wurde der dann bitte schön nicht in den Vulkan geworfen?

Rockys Blick fiel auf Leschnikov und Conan, die sich hinter einer Mülltonne versteckt hielten und wild mit den Armen wedelten. Offensichtlich wollten sie ihm etwas mitteilen. Leschnikov deutete auf Rocky, dann auf seine Augen und machte schließlich mit dem Zeigefinger Kreisbewegungen über dem Kopf. Aber was sollte das bedeuten?

„Ich sehe dich, du schöner Eiskunstläufer?“, mutmaßte Rocky. Aber das ergab keinen Sinn. Hier gab es weit und breit kein Eis und Schlittschuh laufen konnte man auch nicht. Conan deutete ebenfalls auf Rocky, vollführte Kreisbewegungen, nahm seinen Kopf in die Hände und bewegte ihn dann hin und her.

„Ich sehe dich, du schöner Eiskunstläufer und schraube dir den Kopf ab.“ Er verstand noch immer nicht, was die beiden meinten, und zuckte mit den Achseln. Leschnikov und Conan vergruben verzweifelt die Gesichter in ihren Händen.

„Wartest du auf mich?“, fragte eine zarte Stimme direkt hinter Rocky. Endlich begriff er, was die Zeichen bedeuten sollten: „Dreh dich um, du Trottel!“

Rocky wirbelte herum. Direkt vor ihm, mit einem freundlichen Lächeln im Gesicht, stand das Glasmurmelmädchen. Ihm rutschte augenblicklich das Herz in die Hose, und wenn er keine angehabt hätte, wäre es wahrscheinlich sogar auf die Erde geplumpst.

„Ähm ... um ehrlich zu sein ... ja, ich suche dich“, stotterte er, weil lügen ziemlich albern gewesen wäre.

„Wollen wir was spielen?“

Rocky hatte wahnsinniges Muffensausen und Knie so weich wie Wackelpudding, aber er war entschlossen, sich

das nicht anmerken zu lassen. Er blähte die Backen auf.

„Ja … äh … warum nicht?“ Er hatte keine Ahnung, was Mädchen so spielten, war aber auf alles vorbereitet und zu allem bereit. Puppen an- und ausziehen. Mama-Papa-Kind. Ponyreiten auf dem Pferdehof. Egal wie bescheuert, er würde mitmachen. Hauptsache, er überwand dadurch seine größte Angst!

„Was sollen wir denn äh … spielen?“

„Ich zeig dir was. Los, komm mit!“ Das Mädchen nahm Rocky an der Hand und zog ihn mit sich. Er hatte also gar nicht die Möglichkeit, es sich doch noch anders zu überlegen.

Das Mädchen führte ihn an der Pforte zum Vulkan vorbei und zu einem geheimen Durchgang. Hinter einem Haus begann ein schmaler Trampelpfad, der steil bergauf

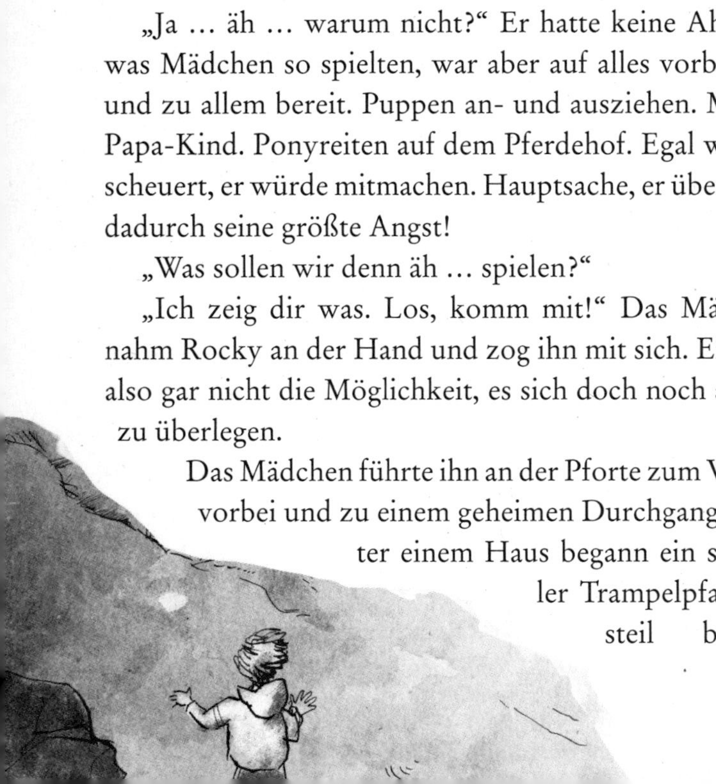

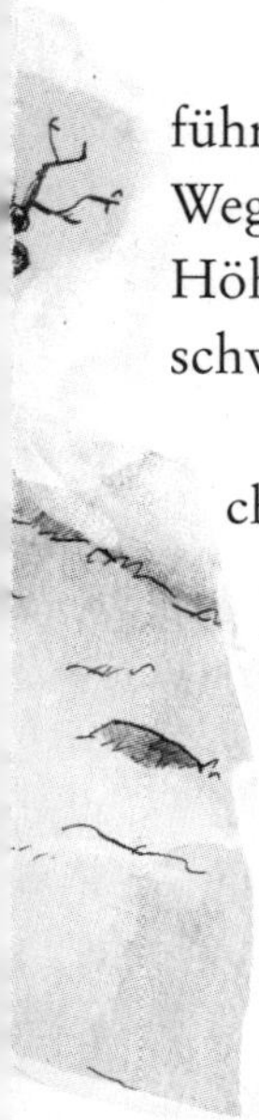

führte. Das Mädchen lief eilig voraus, Rocky folgte. Der Weg wurde steiler und steiler und nach einigen Hundert Höhenmetern japste er nach Luft wie ein Schwein, das schwimmend den Atlantik durchquert.

„Sollen wir eine Pause machen?“, fragte das Mädchen.

„Pause? Quatsch. Außer du brauchst eine“, keuchte Rocky. Aber das Mädchen schüttelte den Kopf. Also gingen die beiden weiter. Das Glasmurmelmädchen redete dabei ohne Punkt und Komma.

„Ich bin froh, dass ich dich endlich treffe. Also in echt und nicht im Traum, meine ich jetzt. Eigentlich dürfen wir Traumwesen unseren Träumer gar nicht ansprechen, weißt du?“

„Nein?“, japste Rocky.

„Die GaD hat es verboten. Aber es ist einfach so langweilig hier! Keiner spielt mit mir. Alle sind so beschäftigt. Deshalb bin ich froh, dass du jetzt da bist. Ich wusste, dass du kommst.“

Rocky hörte schon lange nicht mehr zu. Er schwitzte wie ein Walross in der Sauna, seine Muskeln taten weh und er konnte kaum noch ein Bein vor das andere setzen. Er biss sich gedanklich in den Hintern, dass er vorhin auf die Pause verzichtet hatte. Das Mädchen aber hüpfte von Stein zu Stein wie ein leichtfüßiges Reh.

„Warte mal“, bat er, in der Hoffnung sich wenigstens kurz ausruhen zu können. „Das ist ja eine tolle Aussicht hier.“ Das Mädchen starrte ihn verständnislos an.

„Schöne Aussicht? Wie bist du denn drauf?“ Sie schüttelte den Kopf und ging weiter.

Rocky schnappte nach Luft und versuchte verzweifelt, mit ihr Schritt zu halten. Aber am Ende hatte sich die Anstrengung gelohnt, denn auf dem Gipfel des Furzföhns war die Aussicht wirklich spektakulär. Allerdings ist damit nicht der Blick auf die Stadt und das Meer gemeint, sondern der hinunter in den Krater. Wahnsinnige 3.718 Meter unter ihnen lag der gigantische Lavasee. Und obwohl die meisten Luftschiffe ausgelaufen waren, ankerten bestimmt hundert oder noch mehr von ihnen an der Kraterwand. Bären und einige Traumwesen, die von hier oben wie Ameisen aussahen, machten sich an ihnen zu schaffen.

„Wow. Cool!", stellte Rocky ehrlich beeindruckt fest.

„Das Beste kommt noch", prophezeite das Mädchen mit einem Lächeln, das Angst machen konnte. Sie griff zu einem mittelgroßen Stein, holte weit aus und schleuderte ihn mit voller Kraft in den Krater. Ein beachtlicher Wurf, den Rocky nicht besser hingekriegt hätte.

„Jetzt pass auf!"

Die beiden legten sich an den Kraterrand und schauten dem Stein hinterher. Er fiel und fiel und war bald schon nicht mehr zu erkennen. Es dauerte trotzdem noch eine gefühlte Ewigkeit[23], bis er in die Lava plumpste. Das wiederum war sehr gut zu erkennen, denn die glühende

---

23 Die genaue Zeit lässt sich mathematisch berechnen. Die Formel lautet: t = Wurzel aus 2 x h : g. Wobei „t" die benötigte Zeit ist, „h" die Höhe und „g" die Erdbeschleunigung, nämlich 9,81 Meter pro Sekunde im Quadrat. Wir rechnen also: Wurzel aus 2 x 3718 : 9,81 = 27,5 Sekunden. Also eine gefühlte Ewigkeit. Merksatz: Mathematik schafft eine Genauigkeit, die den Menschen nicht immer weiterbringt.

Masse geriet sofort in Wallung. Es blubberte und gurgelte. Die Lava zog sich zischend zurück, um kurz darauf mit lautem Grollen zu explodieren und nach oben zu steigen. Ein Ausbruch! Die glühende Masse steckte zahlreiche Luftschiffe in Brand, deren Besatzungen sich mit einem Sprung retten mussten. Sekunden später versiegte der Lavastrom wieder, brach in sich zusammen und alles war wie vorher.

„Das ist ja der totale Wahnsinn!", entfuhr es Rocky.

„Ja, oder? Jetzt bist du dran!" Das Mädchen drückte ihm einen Stein in die Hand, aber Rocky zögerte.

„Und wenn was passiert?", fragte er unschlüssig.

„Da passiert schon nichts und Schiffe haben die doch eh genug. Oder traust du dich etwa nicht?"

Rocky sich nicht trauen? Der Junge, der Schulrektorin Frau Hartwig einen Reißnagel auf den Stuhl gelegt hatte? Also ehrlich. Rocky holte aus und schleuderte den Stein mit voller Wucht in den Abgrund. Er und das Glasmurmelmädchen warfen sich sofort wieder auf die Erde und robbten an den Kraterrand, um besser sehen zu können. Rockys Blick folgte gespannt dem Stein, bis er an einer Person, beziehungsweise einem Wesen hängen blieb. Unten auf einem Schiff stand Mopsen. Er hatte die Arme in die Hüften gestemmt und blickte genau in seine Richtung. Rocky glaubte, die roten Äderchen in den wütenden Augen des Eisbären erkennen zu können. Und ich sage euch: Wenn Blicke töten könnten, wäre Rocky jetzt mausetot. Schnell duckte er sich.

„Verdammt! Mopsen! Er hat mich gesehen."

„Mopsen?!?", fragte das Mädchen alarmiert. „Das ist schlecht. Wir sollten abhauen."

Wieder nahm sie Rocky bei der Hand und zog ihn mit sich. Der Abstieg war um einiges leichter als der Aufstieg. Trotzdem musste er sich konzentrieren, bei diesem Tempo nicht zu stolpern, was unweigerlich in einer Katastrophe geendet hätte. Außerdem beschäftigte ihn das, was das Mädchen über Mopsen gesagt hatte.

„Was ist mit dem Eisbären?"

„Dem geht man besser aus dem Weg. Er ist echt böse."

„Ach, wirklich?"

„Ja, er ist ziemlich bissig, und wenn er zubeißt – Gute Nacht."

Rocky musste unweigerlich schlucken.

„Er ist der Chef der Navigatoren und der Liebling von Hornbläser. Aber irgendwie habe ich den Eindruck, dass er nicht ganz sauber ist. Trifft sich immer heimlich mit so ein paar finsteren Grizzlybären."

„Was, wenn er uns erwischt?“

„Er darf uns nicht erwischen. Wir müssen vor ihm unten sein.“ Das Mädchen legte noch einen Zahn zu. Bald darauf erreichten sie die Stadt und mischten sich schnell unter die Passanten. Gerade als sie sich verdünnisieren wollten, flog das Tor zum Vulkan auf. Mopsen! Er baute sich in voller Größe auf und schaute sich um. Das Mädchen zog Rocky schnell in eine Seitengasse. Mopsen schnupperte.

„Wo sind sie?!?“, rief er mit seiner donnernden Donnerstimme. Ein kleinwüchsiges Wesen, das so winzig war wie eine Feldmaus, aber ganz und gar nackt und mit lila Pusteln übersät, richtete sich auf.

„Wo ist wer?“, fragte es interessiert. Mopsen wischte das Wesen mit einem mächtigen Hieb seiner Pranke beiseite und galoppierte in Richtung des geheimen Aufstiegs davon.

„Puh! Das war knapp.“ Rocky war erleichtert. Die beiden schauten sich an und begannen, lauthals zu lachen. Und langsam, ganz langsam dämmerte es Rocky, dass er vor dem Glasmurmelmädchen tatsächlich keine Angst zu haben brauchte. Mehr noch: Er konnte ihr vertrauen!

„Das hat Spaß gemacht“, stellte das Mädchen fest.

„Ja, das war echt verrückt.“

Sie schaute Rocky prüfend an. „Weißt du, was? Du bist in echt ganz anders als im Traum. Gar nicht so ein Hosenscheißer.“

Rocky war sprachlos. Er, ein Hosenscheißer? Er wollte sich gerade verteidigen, als sein Blick Leschnikov und Conan streifte. Sie waren in der Nähe aufgetaucht und gestikulierten wieder einmal wild durcheinander. Diesmal kapierte Rocky sofort, was sie meinten, denn sie warfen ihm Kussmünder zu und pressten ihre Gesichter aufeinander. Richtig, er wollte ja eigentlich seine größte Angst überwinden.

„Du, äh ...“, sagte er schüchtern und wenig elegant.

Das Mädchen schaute ihn fragend an. Rocky kämpfte mit sich.

Ich weiß nicht, wie genau sich das anfühlt, wenn man seine größte Angst überwindet, aber es kostete Rocky wirklich viel Mut und Kraft, das zu tun, was er dann tat.

Rocky küsste das Glasmurmelmädchen direkt auf den Mund.

Rocky hatte sich viel von diesem Kuss erhofft. Dass es blitzte und donnerte. Dass dichter Wabernebel aufstieg und dramatische Musik einsetzte. Dass er taumelte, in Ohnmacht fiel und zu Hause in seinem Bett erwachte ...

Leider passierte nichts dergleichen. Rocky hatte seine größte Angst überwunden und nichts geschah! Wobei, so stimmt das jetzt auch wieder nicht.

Das Glasmurmelmädchen schaute Rocky verdutzt, ja fast entsetzt an. „Sag mal!“, schrie sie empört. Dann: FLATSCH!

Das Glasmurmelmädchen verpasste ihm eine Ohrfeige, die sich gewaschen hatte.

„Spinnst du?“

Rocky wusste nicht, wie er das erklären sollte.

„Ja, nein. Es ist doch nur, weil, weil, du meine größte Angst bist“, stammelte er.

Das Mädchen schüttelte verständnislos den Kopf. „Du bist ja nicht ganz normal!“, stellte sie fest, stapfte davon und ließ Rocky mit glühender Wange zurück.

Nach einer Schrecksekunde wanderte sein wütender Blick zu Leschnikov und Conan, die wie Unschuldslämmer grinsten. Mit ihnen hatte er ein Hühnchen zu rupfen, denn alles, was sie prophezeit hatten, erwies sich als kompletter, gigantomanischer Unsinn.

18. Im tiefen Tal der Vergessenen

Tick, tack, tick, tack. Die Stimmung am Frühstückstisch war eisig und das Ticken der Wanduhr das einzige Geräusch. Rocky war noch immer stinksauer.

„Na ja, den Versuch war es wert, oder?“, meinte Conan. Rocky schaute ihn nur böse an. Mit dem Kuss hatte er sich zum Volltrottel gemacht. Bei dem Glasmurmelmädchen brauchte er sich jetzt nicht mehr blicken lassen. Dieser Gedanke stimmte ihn traurig, denn das Mädchen war offensichtlich die einzige vernünftige Person auf der Insel und der Tag mit ihr hatte verdammt viel Spaß gemacht.

Poch, poch, poch. Es klopfte.

„Ich geh schon“, Leschnikov stand auf. Anscheinend war er froh, Rockys anklagenden Blicken für einen Moment zu entkommen, und eilte zur Tür.

„Hallo! Ist Rocky da?“

Rocky traute seinen Ohren und Augen nicht. Das Glasmurmelmädchen!

„Du, hier? So ein Zufall", stammelte Rocky ziemlich ungelenk.

„Nein, kein Zufall. Ich wollte zu dir", antwortete das Mädchen.

Rocky bekam einen knallroten Kopf. So rot, dass er aussah wie ein übergroßes Streichholz in Jeans und Hemd. Denn wenn jemand an eine Tür klopft, ist das natürlich selten ein Zufall. Außer man fällt zufällig mit dem Kopf dagegen. Dann würde es aber nicht „poch, poch, poch" machen, sondern eher „plock" oder „bums" oder so ähnlich.

Leschnikov und Conan griffen hektisch zu ihren Jacken.

„Wir müssen jetzt wirklich dringend los", verkündete Leschnikov.

„Wohin?", wollte Rocky wissen. Bis eben schienen die beiden noch alle Zeit der Welt zu haben.

„Zur Arbeit!" Leschnikov und Conan grinsten breit.

„Ihr seid doch krankgeschrieben", entgegnete Rocky. Er freute sich zwar, das Glasmurmelmädchen zu sehen, aber er wollte auf gar keinen Fall allein mit ihr sein. Die Sache mit dem Kuss war ihm noch wahnsinnig peinlich. Aber die beiden Nachtmahre gingen überhaupt nicht darauf ein und verließen fluchtartig das Zimmer.

„Sprich mit ihr", flüsterte Leschnikov noch und schloss die Tür. Das Glasmurmelmädchen setzte sich.

„Willst du dich nicht setzen?", fragte Rocky, deutlich zu spät. Das war nicht sein Tag heute.

„Ich habe nachgedacht“, begann sie.

„Aha. Und worüber?“ Das war Rockys erste gute Frage.

„Ich will dir helfen, von hier wegzukommen.“

„Woher weißt du, dass ich von hier wegwill?“ Rocky war sichtlich erstaunt.

„Das ist doch klar. Du bist ein Mensch und gehörst hier nicht her. So schade das ist.“

„Und du kannst mir helfen, ja?“

„Wenn du das Forschungstagebuch hast, kann ich das.“

„Woher weißt du von dem Buch?“, fragte Rocky überrascht.

„Frag nicht, komm einfach! Wir dürfen keine Zeit verlieren“, sagte sie und sprang auf. Rocky kramte schnell das Buch hervor und gab es dem Mädchen, das eilig zur Tür hinaushuschte. Rocky folgte, ohne weitere Fragen zu stellen. Was sollte er auch anderes tun? Das Mädchen schien Fragen nicht gerne zu beantworten und vielleicht konnte sie ihm ja tatsächlich helfen?

Dieses Mal führte das Glasmurmelmädchen Rocky in die südlichen Außenbezirke der Stadt. Hier war er vorher noch nie gewesen. Sie marschierten lange, aber anders als am Vortag redete das Mädchen heute wenig. Nämlich gar nichts. Sie wirkte nachdenklich und traurig.

„Sag mal, wie heißt du eigentlich?“, fragte Rocky irgendwann.

„Myrte.“

„Mürte? Mit ü?“

Das Mädchen musste lachen.

„Quatsch.“

Rocky wusste zwar immer noch nicht, wie man den Namen schrieb, aber wenigstens hatte er sie etwas aufgeheitert.

„Wohin gehen wir?“

„In das Tal der Vergessenen“, sagte sie düster. Das klang ziemlich unheimlich. War es dann auch.

Dieser Teil der Stadt lag in einem tiefen Tal, in das kaum ein Sonnenstrahl vordrang. Es war kalt und feucht, die Häuser waren mit Moos bewachsen, das Straßenpflaster glitschig. Die Traumwesen aus dieser Gegend schlurften kraftlos mit hängenden Köpfen durch die Straßen. Ihre Augen waren wässrig, aus ihren Nasen tropfte grüner Rotz. Alles in allem waren sie wenig Furcht einflößend. Kein Wunder. Es waren Wesen, von denen niemand mehr träumte, Ausgestoßene. Denn ein Albtraumwesen, vor dem sich niemand fürchtet, ist kein Albtraumwesen.

„Das ist doch total ungerecht, sie so abzuschieben“, sagte Rocky fassungslos.

„Ja, aber es ist eng geworden, seit so viel geträumt wird und es so viele Neuankömmlinge gibt.“

Das Mädchen bog in eine ruhige Seitenstraße ein und steuerte direkt auf ein scheinbar unbewohntes Haus zu.

„Wir sind da. Hier versteckt er sich.“

Myrte stieß die Tür auf und eilte die morschen Treppen hinauf. Das Haus war mehr oder minder abbruchreif. Die meisten Wohnungstüren fehlten, Strom gab es auch nicht. Alles wirkte verlassen. Bis auf den obersten Stock. Hier hatte es sich jemand gemütlich gemacht. Auf dem Treppenabsatz stand ein gepflegter Gummibaum.

Die Tür war frisch gestrichen. Auf dem Boden lag eine Fußmatte mit der Aufschrift „Willkommen“. Das Mädchen klopfte, aber niemand antwortete.

„Er ist nicht da. Wir warten am besten drinnen.“

„Dürfen wir das?“

Das Mädchen beachtete Rockys Frage nicht, stieß die Tür auf und betrat die Wohnung. Rocky traute seinen Augen kaum. Das vermeintliche Wohnzimmer war bis unter die Decke vollgestopft mit den verschiedensten Apparaten und Messgeräten. Auf den Regalen stapelten sich ausgestopfte Tiere und Gläser voller seltsamer Dinge, die in Flüssigkeit schwammen. Würmer. Käfer.

Schlangen. Gehirne. Schladderadatz. Auf dem Schreibtisch – und das raubte Rocky fast den Atem – lag eine Zeichnung von ... ihm! Er war ziemlich gut getroffen, was die Sache aber nur noch unheimlicher machte. Wer fertigte hier Zeichnungen von ihm an und warum? Wo war er hier überhaupt?

In dem Moment drang ein Geräusch aus dem Treppenhaus an sein Ohr.

MIIIIIES-MUSCH, MIIIIIES-MUSCH, MIIIIIES-MUSCH.

Der Hasenbock! Hatte Myrte ihn in eine Falle gelockt? Wollte sie ihn dem Hasenbock zum Fraß vorwerfen? Hier in diesem leer stehenden Haus? Er schaute das Mädchen entsetzt an.

„Er kommt!“, sagte sie leise.

Rocky wollte fliehen, sich in Sicherheit bringen, zum Fenster hinausklettern – aber er war vor Angst gelähmt, wie mit Sekundenkleber am Boden festgeklebt. Und das Geräusch kam immer näher.

MIIIIIES-MUSCH, MIIIIIES-MUSCH, MIIIIIES-MUSCH.

Die Tür flog auf und eine Furcht einflößende Gestalt erschien. Bedrohlich, dämonisch, tödlich. Der Hasenbock! Zum ersten Mal sah Rocky dieses Wesen aus der Nähe, sein mächtiges, scharfkantiges Geweih und das struppige, ungepflegte Fell. Er roch seinen ranzigen Geruch und spürte den eisigen Atem. Gleich würde er Rocky mit seinem mächtigen Geweih aufspießen, um ihn anschließend in Alkohol einzulegen und in seine Sammlung einzureihen. Er schloss die Augen und bereitete sich auf die Schmerzen vor ...

„Myrte, was machst du denn hier?", fragte der Hasenbock freundlich. „Und wen hast du da mitgebracht?"

Was war denn jetzt los? Rocky öffnete die Augen und sah, wie der Hasenbock sein Geweih vom Kopf nahm. Unter der Kopfbedeckung, denn nichts anderes war das Geweih, kam ein menschliches Gesicht zum Vorschein. Ein Mann mit struppigem Bärtchen und einer Nickelbrille auf der Nase. Er setzte sich und zog sich die Schuhe aus.

„Diese Dinger machen mich noch wahnsinnig mit dem Gequietsche."

Es waren also die Schuhe! Sie machten dieses unheimliche Geräusch. Und Rocky hätte sich fast in die Hose gemacht.

„Doktor ...", sagte das Mädchen.

„... Heinrich Hahn!", vollendete Rocky verblüfft den Satz.

„Ah! Jetzt weiß ich auch, wer du bist“, stellte der Doktor fest. „Der Neue von letzter Woche. Was für eine Art Wesen bist du denn?“

„Ich bin ein Mensch!“, stellte Rocky klar, als er die Sprache wiedergefunden hatte. Hahn wurde blass. „Ein Mensch?“, sagte er fast erschrocken. „Soso. Und wie bist du hierhergekommen?“

„Zufall. Ich bin da zufällig auf eines dieser Dinger geraten, diese Luftschiffe“, antwortete Rocky.

„Aha.“ Der Doktor schälte sich umständlich aus seinem Fellanzug. „Entschuldige die Verkleidung, ich will unerkannt bleiben.“

„Das ist verrückt, dass ich Sie treffe“, stellte Rocky fest.

„Aha? Kennst mich aus dem Fernsehen? Willst du ein Autogramm?“

Rocky schüttelte den Kopf. Er hatte den Doktor noch nie zuvor gesehen – und schon gar nicht im Fernsehen.

„Meine Sendung ‚Es hat sich ausgefletscht – Doktor Heinrich Hahn zähmt wilde Tiere‘[24]! Nie gesehen?“, fragte der Doktor.

„Nie gesehen“, bestätigte Rocky.

„Nein?!?“ Hahn konnte das anscheinend nicht glauben. „Wo gibt es denn so was? Woher kennst du mich sonst?“

„Ich habe Ihr Reisetagebuch gelesen“, antwortete Rocky. Hahn blickte überrascht zu Myrte, die schuldbewusst das Buch hervorkramte.

„Es tut mir leid. Ich habe es heimlich mitgenommen.“

„Du?“ Hahn war sichtlich empört.

„Ich habe es Leschnikov gegeben. Er will doch so gerne weg von hier und ich dachte, mit Ihrem Buch findet er den Weg.“

„Mein Forschungstagebuch!“ Mit zittrigen Händen griff Hahn das Buch und begann glücklich, darin zu blättern. „Und ich hatte schon befürchtet, es wäre für immer verloren. Ein schrecklicher Verlust für die Menschheit!“

„Herr Doktor, sie müssen Rocky helfen. Er muss nach Hause.“

---

24 Die Sendung wurde wegen sinkender Zuschauerzahlen eingestellt.

Hahns Blick wanderte erschrocken zu Rocky. „Nach Hause? Helfen? Ich?“

„Was in dem Buch steht, stimmt nicht“, erklärte Rocky. „Ich habe meine größte Angst überwunden, aber es hat nicht funktioniert.“

„Ach, das mit der größten Angst“, Hahn lächelte verlegen und stammelte dann: „Das … habe ich nur geschrieben, weil es so schön dramatisch klingt. So was kommt an bei den Lesern.“

Rocky fand das gar nicht lustig.

„Wie jetzt? Was soll das denn heißen?“

„Es gibt keinen Weg von der Insel. Zumindest kenne ich ihn nicht.“

„Aber wenn Sie und ich auf die Insel gekommen sind, muss es auch einen Weg runter geben!“, folgerte Rocky verzweifelt.

„Rocky hat recht“, pflichtet ihm das Glasmurmelmädchen bei.

„Es tut mir leid. Entschuldigt mich, ich habe zu arbeiten, muss das eine oder andere in meinem Tagebuch nachtragen.“

Hahn blätterte selbstverliebt in seinem Buch.

Myrte schaute erschrocken zu Rocky. Er fühlte sich wie ein Regenwurm im Hühnerschnabel. Sein Körper war plötzlich ganz kraftlos. Mit hängendem Kopf schlurfte er davon. Myrte schaute noch einmal verzweifelt zu Doktor Hahn, der ihren Blick aber nicht erwiderte. Dann folgte sie Rocky.

Kaum waren die beiden gegangen, legte der Doktor sein Tagebuch zur Seite. Der Besuch der beiden hatte ihn nachdenklich gestimmt.[25]

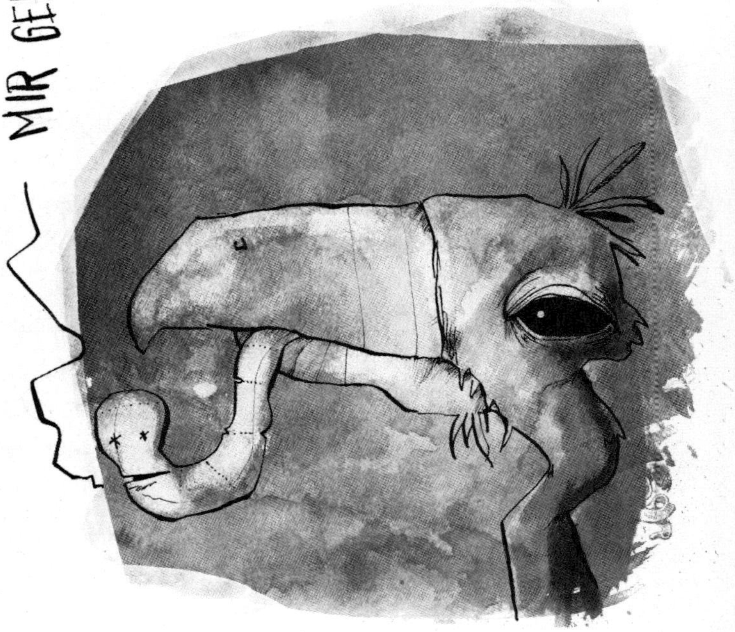

25 Dr. Heinrich Hahns Tagebuch ist zu entnehmen, dass Rockys Besuch ihn sogar sehr nachdenklich stimmte. Er empfand, wie er schreibt, „Wehmut und ein schlechtes Gewissen“. Ich will an dieser Stelle nicht zu viel verraten, aber der Doktor hatte natürlich gelogen, als er behauptete, es gäbe keinen Weg von der Insel.

19. Käseigel und russische Eier

„Rocky, warte mal …“, rief Myrte ihm hinterher. „Es muss einen anderen Weg geben.“

Rocky schüttelte nur den Kopf. „Wenn Dr. Hahn keinen kennt, wer dann?“, antwortete er niedergeschlagen. Aber Myrte wollte offenbar nicht so schnell aufgeben.

„Wir können vielleicht bei den Bären suchen. Im Vereinsheim haben die doch bestimmt Landkarten!“

„Sie navigieren mit der Nase, Myrte. Die brauchen keine Landkarten!“ Rocky war nicht nach Aufmunterung zumute, er wollte alleine sein. Myrte ließ jedoch nicht locker.

„Rocky?“ Sie zögerte und dann, so unvorhersehbar wie ein Elefantenpups aus dem Po einer Ameise, gab sie ihm einen Kuss auf die Wange. „Nimm es nicht zu schwer, ja?“

Rocky nickte und schlich wortlos davon. Eigentlich hätte er vor Freude im Dreieck hüpfen müssen, weil

Myrte ihn gerade geküsst hatte. Aber er war so sehr damit beschäftigt, traurig zu sein, dass ihm das gar nicht richtig aufgefallen war.

War es das? War Rocky nun für immer auf dieser Insel gefangen? Sollte er für den Rest seines Lebens bei Leschnikov und Conan bleiben? Es sah ganz danach aus. Rocky erreichte das weinrote Haus, öffnete die Eingangstür und stieg gedankenverloren die windschiefe Wendeltreppe hinauf. Als er die Tür zu Leschnikovs Wohnung aufstoßen wollte, hörte er eine dröhnende Stimme.

„Die Kekse schmecken ganz ausgezeichnet, Conan."

Rocky erstarrte augenblicklich. Er kannte diese Stimme. Sie gehörte dem Wesen, dem er jetzt am allerwenigsten begegnen wollte. Mopsen. Offensichtlich war der Eisbär bei Leschnikov und Conan zu Gast. Nur zum Kekseessen? Wohl kaum. Mopsen war keine Naschkatze, so viel stand fest.

Rocky wurde schwummrig. Es fühlte sich plötzlich an, als würde das Haus auf offener See in den Wellen hin und her schaukeln. Die Anwesenheit des Eisbären

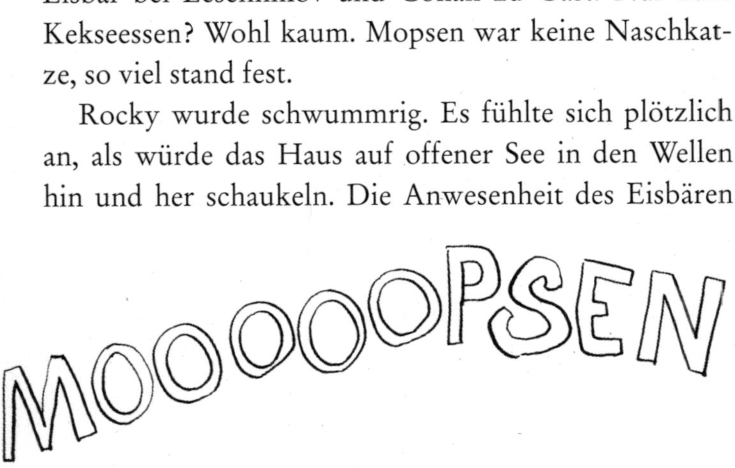

konnte nämlich nur eines bedeuten: Er war ihm auf die Schliche gekommen. Instinktiv trat Rocky den Rückzug an. Er musste weg von hier. Langsam tastete er sich die Treppe hinunter in Richtung Ausgang – rückwärts, Stufe für Stufe, langsam und leise. Er wollte fliehen, für ein paar Tage untertauchen. Aber dann …

KNAAAARRRRRRZ.

So ein Mist! Rocky war ausgerechnet auf die einzig lose Diele im ganzen Treppenhaus getreten. Im selben Augenblick erschien das Schnabelgesicht von Frau Waldboden in der Tür.

„Hab ich es mir doch gleich gedacht. Von wegen Besuch!“, keifte sie und schrie: „MOOOOPSEEEEEEN!“

Der unheilvolle Schrei echote durch das Treppenhaus.
Wirklich jeder musste ihn gehört haben. Oben flog die Tür auf und der Eisbär polterte die Treppe herab, gefolgt von Leschnikov und Conan.

„Aha!“, donnerte Mopsen. „Haben wir dich!“

„Oje“, klagte Leschnikov.

„Das ist jetzt schlecht“, stellte Conan fest.

Die mächtige Pranke des Eisbären legte sich tonnenschwer auf Rockys Schulter.

„Danke für Ihre treuen Dienste, Frau Waldboden. Die GaD wird sich erkenntlich zeigen“, erklärte der Eisbär. „Wenn Sie wieder einmal etwas Ungewöhnliches beobachten, wenden Sie sich vertrauensvoll an mich.“

Jetzt war Rocky klar, woher der Wind wehte, die Waldboden hatte gepetzt. Der Eisbär baute sich bedrohlich vor Leschnikov auf. „Hab ich dir schon gesagt, dass ich wirklich wütend werde, wenn man mich verarscht?“ [26]

Leschnikov schüttelte den Kopf.

„Jetzt weißt du es“, er

26 Das war eine rein rhetorische Frage. Also eine Frage, auf die man keine Antwort erwartet, weil die Antwort bereits bekannt ist.

packte Rocky und Leschnikov am Kragen. „Ihr beide kommt mit. Es gibt da jemanden, der euch gern sehen möchte.“

Der Eisbär schleifte sie erbarmungslos auf die Straße hinaus und in Richtung Stadtrand davon. Widerstand war zwecklos. Wenn sich ihm jemand in den Weg stellte, schrie er „Platz! Weg da!“ und die Passanten sprangen augenblicklich zur Seite, um nicht von dem massigen Eisbären niedergewalzt und dem Erdboden gleichgemacht zu werden.

Bald ließ der Eisbär die Stadt hinter sich und führte seine Gefangenen in Richtung Meer. Rocky ahnte nun, wohin es gehen sollte. Der Bär brachte sie zu seiner Chefin, der GaD!

Wenig später erreichten sie tatsächlich die Steilküste, hinter der das seltsame Haus der alten Dame im Meer auftauchte. Der Eisbär steuerte auf den Abhang zu. Bei seinem ersten Streifzug hatte Rocky die Holztreppe nicht bemerkt, die zu einem schmalen Strand hinabführte. Dort tanzte ein Ruderboot lustig auf den Wellen. Mopsen schaute sich suchend um.

„Das hat mir gerade noch gefehlt, der Fährmann ist nicht da“, brummte er missmutig. „Na ja, dann muss ich halt selber ran.“

Er kletterte umständlich in das Boot und setzte sich.

„Rein mit euch!“, befahl er und fügte fast ein wenig kleinlaut hinzu: „Aber nicht schunkeln, sonst werde ich seekrank.“

Kaum hatten Rocky und Leschnikov das Boot betreten, machte der Eisbär die Leinen los und griff zu den

Rudern. Leider erwies sich der Eisbär als unwahrscheinlich schlechter Ruderer. Er hatte Mühe, Kurs zu halten, es ging immerzu im Kreis herum und auch nach Stunden hatten sie sich nicht nennenswert vom Ufer entfernt. Dabei fluchte der Bär unablässig.

„Ja, bin ich denn ein Nacktmull[27]? Da brat mir doch einer einen Elefantenrüssel. Warum geht das denn hier nicht?“

Mehrmals glaubte Rocky, sie würden sich überhaupt nicht vom Fleck bewegen. Noch dazu schien Mopsen, kaum hatten sie das offene Meer erreicht, übel zu werden. Zumindest wurde er ziemlich bleich. Also noch bleicher, als er ohnehin schon war. Zum Glück übergab er sich nicht.

Irgendwann kamen sie dem Haus dann doch näher. Rocky blickte nach oben. Aus der Nähe sah es noch unheimlicher und bedrohlicher aus als von Land. Kaum hatte das Boot den Felsen erreicht, ließ jemand von oben eine Strickleiter herab.

„Los, rauf!“, motzte Mopsen unwirsch.

Zuerst kletterte Rocky, dann Leschnikov und schließlich Mopsen die schwankende Strickleiter empor. Obwohl er Höhenangst hatte, fühlte Rocky gerade gar nichts. Er wusste, dass dies womöglich sein letzter Gang sein könnte. Immerhin hatte man ihm bereits mehrfach

---

27 Nacktmull (Heterocephalus glaber) ist ein unfassbar hässliches Nagetier, das im Osten Afrikas zu Hause ist. Seinen Namen trägt das Tier, weil es ohne Fell und vollkommen nackt daherkommt.

prophezeit, was passieren würde, wenn die GaD ihn erwischte.

„Na endlich."

Die Gruppe wurde von Griseldis Hornbläser erwartet. Der Admiral strich sich zufrieden den Bart glatt. Zur Feier des Tages hatte er seine weiße Ausgehuniform für besondere Anlässe angelegt. Rocky musste die Augen zusammenkneifen, so sehr blendete der strahlend weiße Stoff.

„Gute Arbeit Mopsen. Gute Arbeit." Der Offizier klopfte dem Bären auf die Schulter. Mopsen lächelte verlegen, das Lob ließ ihn noch größer werden.

„Ein Mensch. Auf unserer Insel“, Griseldis Hornbläser schüttelte fassungslos den Kopf. „Das wird der GaD nicht gefallen.“

„Sie sind doch auch ein Mensch!“, verteidigte sich Rocky.

„Ich bin dienstlich hier. Und du werd nicht frech, Freundchen! Auf geht's!“

Hornbläser führte die Gruppe hinein. Das Haus war, na ja, nicht gerade nach Rockys Geschmack. Das wenige Licht, das durch die kleinen Fenster drang, wurde von den dunklen Möbeln sofort wieder verschluckt. Es roch muffig, nach schimmeligen Orangen. Jeder Millimeter des Bodens war mit dicken Teppichen ausgelegt, sodass

man das Gefühl hatte, auf Schaumstoff zu gehen. An den Wänden hingen Abertausende Gemälde, auf denen Traumwesen abgebildet waren. Große, kleine, mittlere – und auf einem der größten war das Glasmurmelmädchen zu sehen.

Der Admiral führte die Gruppe durch einen langen Gang in einen Raum mit einem großen Tisch. Im Kamin brannte Feuer. Warum, kapierte Rocky nicht, denn es war ohnehin ziemlich warm und verdammt stickig hier drin.

„Setzt euch, sie kommt gleich!“, befahl der Admiral und verließ den Raum.

„Habt ihr nicht gehört, was Hornbläser gesagt hat? Setzen!“, bellte Mopsen.

Rocky und Leschnikov gehorchten. Während sie warteten, wanderte Rockys Blick durch den Raum. Auf einer Staffelei stand ein unfertiges Ölbild.

Es zeigte ein stieläugiges Traumwesen, das entfernt wie eine Litschi[28] auf Beinen aussah. Offensichtlich war die GaD die Schöpferin der zahllosen Bilder im Haus. Auf dem Tisch stand ein Tablett mit halben, hart gekochten Eiern, die kunstvoll gefüllt waren. Auf einem Teller daneben lag eine halbierte Orange. In ihr steckten auf Zahnstocher gespießte Käsewürfel. Garniert war das Ganze mit Trauben und anderem Obst. Rocky schaute Leschnikov fragend an.

„Ein Käseigel, die GaD liebt die kalte Küche“, erklärte der Nachtmahr leise.

„Ruhe!“, befahl Mopsen.

In diesem Moment flog die Tür auf und Hornbläser kehrte zurück. Hinter ihm schwebte – denn die GaD schwebte mehr, als dass sie ging – eine zarte Dame herein. Sie trug ein ausladendes schwarzes Kleid mit einem gigantischen Rüschenkragen. Ihr Haar hatte sie zu einem

28 Die Litschi (auch: Chinesische Haselnuss, Litschipflaume oder Liebesfrucht) ist eine Frucht aus China. Sie hat einen Durchmesser von 2,5 bis 3 cm und verfügt über eine stachelige, ledrige bis feste Schale.

strengen Knoten gesteckt. Sie hatte schmale Lippen, das Gesicht war faltig, die Nase spitz. Dennoch umspielte ein sanftes Lächeln ihren Mund.

„Ihr kommt gerade recht“, säuselte sie. „Ich habe russische Eier[29] gemacht und einen Käseigel vorbereitet.“

Die Dame setzte sich. „Greift zu!“

Rocky war von diesem freundlichen Empfang überrascht. Er hatte alles erwartet, nur nicht eine Einladung zum Essen.

„Gern!“, Leschnikov stopfte sich sofort ein Ei in den Mund. „Köstlich! Die musst du probieren, sind wahnsinnig lecker!“, mümmelte er. Aber Rocky war nicht nach Essen zumute.

„Frau GaD, lassen Sie mich erklären, das alles ist ein dummer Zufall …“, verteidigte sich Rocky.

Die GaD unterbrach ihn. „Ruhig!“ Sie griff in ihre Umhängetasche und holte eine große Muschel hervor, die sie sich ans Ohr hielt.

„Ich lausche so gerne dem Meeresrauschen“, erklärte sie.

Rocky schaute zum offenen Fenster, durch das eine frische Brise das Geräusch der Wellen hereintrug. Er schloss die Augen: noch so eine Verrückte. Das konnte ja heiter werden.

---

29 Russische Eier à la GaD: Man nehme 10 Eier, 3 Sardellen, 100 Gramm Frischkäse, ½ Teelöffel Senf, 2 Teelöffel Mayonnaise, Pfeffer und Salz. Eier hart kochen, schälen, kalt werden lassen. Sardellen fein hacken. Eier längs aufschneiden, Dotter herauslösen und in eine Schüssel geben, zerdrücken und mit den anderen Zutaten mischen. Salzen und pfeffern. Die Masse in einen Spritzbeutel füllen und in die Eier spritzen. Nach Geschmack mit frischen Kräutern garnieren.

Die GaD begann, ein Lied zu summen.

„Mh, mh, meine Braut ist die See …“

Rocky sah Leschnikov verwirrt an, der zuckte nur mit den Schultern. Dann steckte die GaD die Muschel wieder weg.

„Das Rauschen beruhigt mich, wisst ihr?“

Rocky nickte.

„Leschnikov, was machst du nur für Sachen?“ Der

mitleidige Blick der GaD wanderte zu dem Nachtmahr. „Weißt du denn nicht, dass es verboten ist, Menschen mit auf die Insel zu bringen?“

„Es ist nicht seine Schuld!“, fiel Rocky der GaD erneut ins Wort. Leschnikov hatte so viel für ihn getan, er konnte nicht zulassen, dass er wegen ihm bestraft wurde.

„Das mag ja sein“, sagte die GaD sanft. „Aber sieh mal, dieses Verhalten gefährdet unsere Existenz. Wenn die Menschen erfahren, dass es uns gibt, was würde passieren?“

Rocky wusste es nicht.

„Kein Mensch hätte dann noch Angst vor seinen Albträumen. Das wäre unser Ende. Aber ich bin verantwortlich für diese Wesen und ich liebe sie wie meine eigenen Kinder.“

Rocky kam ins Grübeln: So übel wie alle taten, war die GaD vielleicht gar nicht. Zumindest klang das, was sie sagte, einigermaßen logisch.

„Ich muss sie beschützen, mit allem, was mir zur Verfügung steht.“

Rocky nickte, das leuchtete ihm ein.

„Deshalb kann ich es nicht zulassen, dass man einen Menschen auf meine Insel bringt, und ich muss euch leider in den Vulkan werfen lassen!“, säuselte die GaD.

„Was?“ Rocky fiel aus allen Wolken. Leschnikov verschluckte sich, hustete und spuckte Ei quer über den Tisch.

„Das können Sie nicht machen!“, empörte sich Rocky.

„Ich kann nicht riskieren, dass du eines Tages in die Menschenwelt zurückkehrst und uns verrätst. Ich tue das wirklich ungern, aber ich muss. Noch ein Ei, Leschnikov?“ Die GaD lächelte sanft.

„Danke … nein“, stammelte der Nachtmahr.

„Schade. Dann kann ich leider nichts mehr für euch tun.“

„Bitte, Sie können mich in den Vulkan werfen, aber doch nicht Leschnikov!“, wandte Rocky ein, aber die GaD hörte nicht.

„Lieber Griseldis, würdest du die Herrschaften bitte in Gewahrsam nehmen?“

„Elend und Verzweiflung?“, fragte der Admiral.

„Ja, ELEND + VERZWEIFLUNG“, antwortete die GaD und lächelte wie ein frisch geborenes Lämmlein auf einer hellgrünen Frühlingswiese.

Griseldis Hornbläser packte Rocky und Leschnikov und führte sie aus dem Zimmer. Die GaD griff zum Pinsel, seufzte und widmete sich ihrer Leinwand.

20. Elend und Verzweiflung

„Elend und Verzweiflung“ war gar nicht so schlimm. Rocky war es zuvor nicht aufgefallen, aber die Räume im Haus der GaD hatten Namen. Das Zimmer „Elend und Verzweiflung“ lag direkt neben „Hass und Verachtung“ und gegenüber von „Neid und Missgunst“. „Elend und Verzweiflung“ war zwar karg eingerichtet, mit nicht mehr als einem einzigen Stuhl, aber man hatte von hier aus einen fantastischen Blick auf das offene Meer. In einem Hotel hätte man dafür sicher eine Menge Geld gezahlt.

Leschnikov interessierte die Aussicht nicht. Er war auf den Stuhl niedergesunken, hielt das Gesicht in den Händen vergraben und jammerte: „Oje, oje. Wir sind verloren.“

Rocky schaute nachdenklich auf das Meer hinaus, das tief unter ihm schimmerte. Leschnikov hatte vermutlich recht. Sie hatten alles probiert, um von hier wegzukommen. Kein Plan hatte funktioniert. Was sollte er jetzt tun? Jammern wie Leschnikov? Wütend an die Tür trommeln? Weiter nach einem Fluchtweg suchen? Einfach aufgeben? Er wusste es nicht.

So verging Stunde um Stunde und bald versank die Sonne blutrot am Horizont.

„Das war's", seufzte Leschnikov abermals.

Rocky überlegte. War das wirklich ihr Ende? Er schüttelte den Kopf.

„Nein! Nein, das ist nicht unser Ende!"

„Bitte?", Leschnikov schaute seinen Freund verwundert an.

Rocky war einiges klar geworden: Er hatte das tiefe Tal der Tränen längst durchschritten. Also im übertragenen Sinn. Er hatte die Luftschifffahrt in einem Fass voller stinkender Fische überstanden, die Stadt der Traumwesen überlebt, bei zwei Nachtmahren Zuflucht gefunden, Conans Krautwickel gegessen, kalt geduscht und den Nachmittag mit einem Mädchen verbracht und es sogar geküsst. Wer solche Albtraummomente überlebte, der überlebte auch den Rest.

Plötzlich war Rocky innerlich ruhig wie das Meer, das vor ihm lag. Sein Blick war scharf wie der eines Seeadlers und sein Verstand wach wie eine Katze, der man einen Eimer Wasser übergießt. Von jeder Angst und Sorge befreit, fiel Rocky auf einmal ein, wie sie die Insel verlassen konnten.

„*Tabea!*", rief er freudig. „Warum hab ich daran nicht gleich gedacht!"

„Welche Tabea?", wunderte sich Leschnikov.

„Na, die *Tabea 2*. Wer sonst?"

„Hä?", Leschnikov verstand kein Wort.

„Ich weiß jetzt, wie wir von hier wegkommen!", erklärte Rocky. „Überleg doch mal, wie ist der Doktor wohl auf die Insel gekommen?“

„Hm, tja, äh“, der Nachtmahr hatte immer noch keinen blassen Schimmer, auf was Rocky hinauswollte.

„Mit seinem U-Boot, der *Tabea 2!* Mit ihr ist er auf den Grund des Marianengrabens getaucht. Und mit ihr ist er hierhergekommen. Unter Wasser, sodass man ihn nicht entdeckt. Irgendwo muss das U-Boot sein. Und wenn wir es finden, können wir damit abhauen!“, erklärte Rocky. Leschnikov stand der Mund weit offen.

„Ja. Ja! JA!“, rief er mit wachsender Begeisterung, nur um kurz darauf wieder in sich zusammenzufallen wie eine Luftmatratze, der man den Stöpsel herausgezogen hatte.

„Die Idee ist gut, aber sie kommt zu spät. Morgen werden wir in den Furzföhn geworfen“, erinnerte er.

Stimmt. Das hatte Rocky bei der ganzen Begeisterung komplett vergessen.

Er blickte wieder hinaus auf das Meer und das kleine Ruderboot, das lustig auf den Wellen tänzelte. Für einen kurzen Moment hatte er hoffen dürfen, lebend hier wegzukommen, seine Eltern wiederzusehen und seine Freunde. Jetzt aber war diese bunte Seifenblase mit dem Namen Hoffnung zerplatzt.

Moment. Ruderboot?

Tatsächlich: Da war ein Ruderboot und es kam schnell näher. Rocky erkannte bald, dass sich darin zwei Personen befanden.

„Leschnikov, wir werden nicht in den Furzföhn geworfen!“, rief er erleichtert über die Schulter.

„Wer sagt das? Warum?“, wunderte sich der Nachtmahr.

„Weil unsere Freunde kommen, um uns zu retten. Schau!“

Leschnikov trat zu Rocky an das Fenster.

„Conan und Myrte“, freute sich der Nachtmahr. „Ich wusste, dass sie uns nicht im Stich lassen!“

„Na? Heute schon was vor?“, rief Myrte lässig.

„Nein!“, antwortete Rocky freudig.

„Na, dann kommt doch einfach runter!“

„Super Idee, wir kommen!“ Rocky war so glücklich, dass sich seine Stimme überschlug.

„Moment Mal!“, warf Leschnikov besorgt ein. „Was heißt hier, wir kommen? Wie willst du da bitte runterkommen?“

Rocky schaute nach draußen. Es ging wirklich tief runter. Sogar so verdammt tief, dass es eigentlich unmöglich war, irgendwie heil anzukommen – außer man benutzte den Aufzug oder die Treppen, und das kam beides nicht infrage.

„Ob wir in den Furzföhn geworfen werden oder da runterspringen, kommt auf das Gleiche raus“, gab Leschnikov zu bedenken.

„Nein, tut es nicht“, widersprach Rocky. „Hornbläser springt da runter. Und wenn der das kann, können wir das schon lange!“ Mit diesen Worten kletterte er auf das Fensterbrett. Ein bisschen schwummrig wurde ihm dabei schon. Wieder erinnerte er sich an seinen schmerz-

haften Bauchplatscher im Schwimmunterricht, die blauen Flecken und das Gelächter seiner Klassenkameraden. Ja, was Sprünge ins Wasser anging, war er eine echte Niete. Sollte er wirklich aus diesem Fenster springen, das in etwa dreißig Mal so hoch war wie der Startblock im Schwimmbad? Er schaute nach unten zu Myrte, die auf ihn wartete. Auf gar keinen Fall konnte er jetzt einen Rückzieher machen. Er wollte sich nicht blamieren. Deswegen machte sich Rocky bereit.

„Du bist verrückt!“, rief Leschnikov und wollte ihn aufhalten. Aber Rocky wollte sich jetzt nicht mehr aufhalten lassen. Er hob die Arme und … sprang kopfüber in die Tiefe! Kaum war er in der Luft, hätte er den Absprung am liebsten sofort wieder rückgängig gemacht, denn es kitzelte mächtig in seinen Eingeweiden. Aber es war zu spät. Er flog und flog und flog. Es dauerte eine gefühlte Ewigkeit und Rocky dachte nach, was wohl passieren würde, wenn er einen Bauchplatscher hinlegte. Wahrscheinlich wäre er dann platt wie eine Flunder. Aber der Sprung geriet zum elegantesten Kopfsprung aller Zeiten. Hätte Hornbläser ihn gesehen, wäre er vor Neid erblasst. Rocky tauchte wie ein Pfeil ins Wasser und kam Sekunden später mit einem Lächeln an die Oberfläche.

„Myrte!", sagte er stolz und ließ sich von seiner Freundin an Bord ziehen. Rocky fiel dem Glasmurmelmädchen um den Hals. „Danke, dass ihr gekommen seid!"

„Ist schon gut. Gern geschehen." Myrte lächelte süß wie ein Vanilleeis mit heißen Himbeeren.

Conan winkte Leschnikov. „Jetzt du!"

Leider war Leschnikov nicht halb so mutig wie Rocky. Es dauerte eine Ewigkeit, bis er sich auf das Fensterbrett traute. Nachdem er endlich oben stand, dauerte es eine zweite Ewigkeit – aber nichts geschah. Von einem Sprung in die Tiefe war er weit entfernt. Langsam wurde die Zeit knapp und Rocky befürchtete, dass Griseldis Hornbläser oder die GaD ihre Flucht entdecken würden. Er schaute nach oben, wo sich Leschnikov verzweifelt am Fensterrahmen festklammerte.

„Leschnikov, sei uns nicht böse", rief Rocky, „aber wir müssen los!"

Er setzte sich demonstrativ an die Ruder und paddelte davon.

„Warte, warte, warte!", rief Leschnikov verzweifelt. Er zögerte noch kurz, stürzte sich dann aber todesmutig in die Tiefe. Sein Sprung war nicht halb so elegant wie der von Rocky. Leschnikov flog ungefähr so, wie eine Trottellumme läuft, aber er kam unversehrt unten an – bis auf zahlreiche blaue Flecken. Wenig später hievten die Freunde den stöhnenden Nachtmahr an Bord.

„Herzlichen Glückwunsch, du hast es geschafft!" Rocky klopfte dem Wasser spuckenden Leschnikov auf die Schulter. „Tut mir leid, dass ich Druck gemacht habe. Aber wir müssen so schnell wie möglich von hier weg!" Rocky und Myrte setzten sich an die Ruder und steuerten das Boot in Richtung Ufer.

„Rocky, du musst sie fragen!", drängelte Leschnikov, sobald er sich ein wenig erholt hatte. „Frag sie, wo sie ein U-Boot verstecken würde."

Myrte runzelte überrascht die Stirn.

„Ja, genau! Wir wissen jetzt, wie wir von hier wegkommen: Mit der *Tabea 2!* Versteht ihr?"

„Natürlich! Klar! Warum ist uns das nicht gleich eingefallen!", rief Conan aus, zögerte kurz und schaute dann etwas verwirrt. „Äh, was?"

Rocky erzählte von seiner Eingebung, die er während der Stunden in „Elend und Verzweiflung" gehabt hatte. Tatsächlich klangen seine Schlussfolgerungen logisch. Myrte nickte.

„Du hast recht. Die *Tabea 2* muss hier irgendwo sein. Aber wo? Ich habe nicht die leiseste Ahnung. Aber ich weiß, wer es wissen könnte!"

Wenig später erreichten sie den Strand und kletterten eilig über einen Steig aufwärts. Der Wind wehte dunkle Regenwolken herbei. Myrte ging voran. Sie lief über die karge Heide, einem unbekannten Ziel entgegen.

„Sag mal, wen oder was suchen wir eigentlich?“, fragte Rocky irgendwann.

„Wir gehen zu Armstrong“, verkündete Myrte.

Rocky hatte keinen blassen Schimmer, wer das war.

Dafür kannten Leschnikov und Conan den Mann offensichtlich ziemlich gut. „Man nennt ihn auch ‚Erster und Letzter'", erklärte Leschnikov mit bedeutungsvoller Stimme. „Die Legende besagt, dass er der erste Nachtmahr war, der mit einem Luftschiff ins Menschenreich gereist ist[30]."

„Er ist alt und altwissend, äh … allwissend", fügte Conan hinzu und Leschnikov fuhr fort: „Er kann den Lauf von Sonne, Mond und Sternen vorhersagen, vielleicht sogar verändern. Vor langer Zeit hat er sich zurückgezogen, um als Einsiedler zu leben und sein großes Lebensziel zu vollenden."

„Und das wäre?", fragte Rocky interessiert.

„Sich in Luft aufzulösen, nur durch die Kraft der Gedanken", antwortete Leschnikov.

„Ich dachte, er wollte spontan in Flammen aufgehen", widersprach Conan.

„Ach ja? Mir hat er gesagt, er wollte sich in Luft auflösen", beharrte Leschnikov.

„Was er beides hoffentlich nicht geschafft hat", warf Myrte ein. „Ohne ihn finden wir das U-Boot nämlich nie. Wir sind übrigens da."

Und tatsächlich. Hinter einem Busch entdeckte Rocky eine kleine, unscheinbare Hütte. Sie war windschief und nur notdürftig aus Reisig zusammengezimmert.

---

30 In der Tat widersprechen sich die Informationen über Armstrong. Aber eines ist sicher: Er kann kaum der erste Nachtmahr gewesen sein, der in die Menschenwelt reiste. Die Forschung geht mittlerweile davon aus, dass er einfach nur plemplem ist und jede Menge Unsinn erzählt.

„Erhabener Armstrong, Erster und Letzter, bist du da?“, rief Leschnikov ehrfurchtsvoll.

Keine Antwort, kein Geräusch, nichts. Rocky bückte sich und spähte in die Hütte. Sie war leer. Er schüttelte den Kopf.

„Er ist nicht da.“

„Wir sind zu spät. Er hat sich in Luft aufgelöst!“, Leschnikov sank enttäuscht in sich zusammen.

„Nein, er ist spontan in Flammen aufgegangen“, sagte Conan und verwies auf eine Feuerstelle.

„So ein Quatsch!“ Hinter der Hütte meldete sich eine dünne Stimme zu Wort. Kurz darauf erschien ein Nachtmahr, den Rocky sofort wiedererkannte. Es war der verrückte Angler mit Lendenschurz, den er während seiner Erkundungstour kennengelernt hatte.

„Ich war nur kurz mal zum Strullern hinter der Hütte. Seid ihr gekommen, um den Strom abzulesen?"

Alle waren von dieser Frage sichtlich überrascht.

„Nein, das sind wir nicht", antwortete Myrte vorsichtig.

„Wäre auch ziemlich blöd, weil ich keinen Stromzähler hab. Oder seht Ihr einen?"

Rocky begutachtete eingehend die Hütte und deren nähere Umgebung. Tatsächlich waren hier weder Stromzähler noch Stromleitungen zu sehen. Auch elektrische Geräte gab es keine.

„Moment mal, dich kenne ich doch!", Armstrong deutete auf Rocky. „Du hast doch letzte Woche hier geangelt."

„Ach, du angelst?", fragte Conan überrascht.

Rocky wollte antworten, doch Armstrong kam ihm zuvor.

„Er hat den größten Karpfen aus dem Meer geholt, den ich je gesehen habe. Starke Leistung!"

Armstrong klopfte Rocky anerkennend auf die Schulter.

„Karpfen? Aber die leben doch im Süßwasser", gab Myrte zu bedenken.

„Eben", antwortete Armstrong, „deshalb war es ja so eine starke Leistung."

So kam man hier nicht weiter, das war klar.

„Verehrtester Armstrong. Wir brauchen deine Hilfe", mischte sich Rocky ein. Er wollte keine Zeit verlieren,

denn Hornbläser und Mopsen würden ihr Verschwinden sicher bald bemerken.

„Wir suchen einen Ort, an dem man ein U-Boot verstecken kann“, erklärte Myrte.

Armstrong schaute überrascht. „Wieso? Wollt ihr eins loswerden?“

Rocky verlor die Geduld.

„Nein!“, entgegnete er genervt. „Wir suchen eines – und zwar dringend!“

Leschnikov blickte erschrocken zu Rocky. Anscheinend redete man so nicht mit „dem Ersten und Letzten“. Armstrong schaute zwar säuerlich, lenkte aber ein.

„Na gut. Dann werde ich halt mal überlegen.“

Rocky atmete zufrieden aus. Armstrong senkte den Kopf.

„Wo könnte man ein U-Boot verstecken?“, murmelte er. Er verschränkte die Hände hinter dem Rücken und spazierte hin und her. Dann schaute er Hilfe suchend in den Himmel. Er kniete sich auf die Erde, legte sich hin. Drehte sich um und stand wieder auf. Er überlegte eine halbe Ewigkeit. Schließlich schaute er in die Runde.

„Äh, was ist eigentlich ein U-Boot?“

Rocky schloss genervt die Augen.

„Ein U-Boot ist ein Unterwasserfahrzeug“, versuchte Myrte zu erklären.

„Ach so, sagt das doch gleich. Ein Unterwasserfahrzeug würde ich in der ‚Größten Angst‘ verstecken!“, verkündete Armstrong, als sei dies das Natürlichste und Logischste der Welt.

„In der ‚Größten Angst‘?“, wollten alle gleichzeitig wissen.

„Die Größte Angst“ war – laut Armstrong – eine längst vergessene Höhle, die das Meer im Laufe der Jahrtausende in den Fels der Albtrauminsel gespült hatte. Sie sei durch einen versteckten Eingang von Land und vom Meer aus zu erreichen. Früher habe sie noch „Eitriger Pickel“ geheißen, weil bei Sturm das Meer durch den landseitigen Eingang gepresst wurde, sodass die Gischt wie „Eiter aus einem Pickel“ schoss. Aber weil in der Höhle immer wieder Nachtmahrkinder beim Spielen verunglückten, habe man sie schließlich „Größte Angst“ genannt. Das sollte den Kindern Angst einjagen und sie fernhalten.

„Moment mal.“ Rocky war ins Grübeln gekommen. „Was hat Dr. Hahn gleich noch mal in seinem Buch geschrieben?“

Myrte verstand offenbar sofort, worauf er hinauswollte.

„Man findet die Insel der Träume, wenn man DIE größte Angst erkennt, und verlässt sie, wenn man DIE GRÖSSTE ANGST überwindet!“, zitierte sie. „Ich werde verrückt. Das war übertragen gemeint!“

Rocky funkelte Leschnikov wütend an.

„Und ich wäre fast in die Höllengurglerschlucht gesprungen.“

„Woher hätte ich denn wissen sollen, dass die ‚Größte Angst‘ eine Höhle ist“, verteidigte sich Leschnikov.

„Ich habe Myrte geküsst!“, legte Rocky nach.

Myrte stemmte empört die Fäuste in die Hüfte.

„Hey! Der Kuss war gar nicht ernst gemeint?“

Rocky wurde heiß und kalt zugleich.

„Ja! Nein! Ja! Äh ... Armstrong, weißt du, wo sich der versteckte Eingang zu der Höhle befindet?“, lenkte er geschickt ab. Der alte Nachtmahr zeigte mit zittriger Hand nach Norden und sagte mit unheilvoller Stimme:

„Dort oben, am sturmumtosten Nordkap. Er befindet sich unter einer tausendjährigen Eiche. Oder war es eine einjährige Osterglocke[31]?“

„Danke, Erster und Letzter. Wir werden ihn schon finden“, bedankte sich Leschnikov und drängte die anderen zum Gehen.

„Kommt doch mal wieder vorbei!“, rief Armstrong ihnen hinterher. „Wir könnten dann wieder zusammen musizieren, wie wir es heute auch nicht gemacht haben!“

---

31 Die Osterglocke ist eine Blume, die bereits zu Ostern blüht, daher ihr Name. Sie ist aber auch bekannt unter den Bezeichnungen Gelbe Narzisse, Trompeten-Narzisse oder Märzenbecher.

21. Widerspenstige Zähmung

Wenig später begann es, heftig zu regnen. Innerhalb von Minuten war Rocky bis auf die Haut durchnässt. Die Insel der Albträume zeigte sich heute von ihrer ungastlichen Seite. Es war wirklich Zeit zu gehen. Zum Glück war der Eingang zur Höhle schnell gefunden. So versteckt, wie Armstrong meinte, war er nämlich gar nicht. Er befand sich weder unter einer Eiche noch unter einer Osterglocke. Rocky entdeckte ihn hinter einem Schild mit der Aufschrift „Größte Angst – Zutritt verboten". Mitten in einer saftig grünen Wiese, weit weg von der Küste, führte eine in den Fels gehauene Treppe steil bergab.

„Na, dann mal los!" Rocky ging mutig voraus. Die Stufen waren ausgetreten und verwittert, ein Geländer gab es nicht. Langsam verblasste das Sonnenlicht, auch das Tosen des Windes verstummte. Stattdessen hörten sie allmählich das sanfte Plätschern von Wellen. Das Meer! Armstrong hatte also doch recht. Immer tiefer ging es hinab, und je weiter sie in die Erde vorstießen, desto heller wurde es plötzlich wieder. Alles war erfüllt von einem seltsamen blauen Licht. Tief unter der Erde endete die

Treppe an einer Grotte. Vor ihnen lag ein wunderschöner unterirdischer Strand, mit weißem, feinkörnigem Sand. Das Wasser war aber nicht dunkelblau oder schwarz, wie man es in einer Höhle erwartet hätte, es leuchtete blau.

„Meeresleuchten[32]", stellte Leschnikov begeistert fest. Rocky hatte bereits einmal davon gehört, es mit eigenen Augen zu sehen, war aber etwas völlig anderes. Es war ganz einfach wunderschön. Das Licht machte das sanfte

32 Das Meeresleuchten wird von Kleinstlebewesen im Meer erzeugt. Es sind Algen und Einzeller, wie z.B. die Dinoflagellaten, die bei Berührung oder Bewegung Lichtsignale aussenden.

Plätschern der Wellen zu einem spektakulären Schauspiel. Noch beeindruckender fand Rocky jedoch einen anderen Anblick. In dem sanft schimmernden Licht entdeckte er etwas, das sein Herz höher schlagen ließ: Am Strand lag ein dickes U-Boot – die Tabea 2. Rocky eilte zu dem U-Boot und berührte es ehrfurchtsvoll.

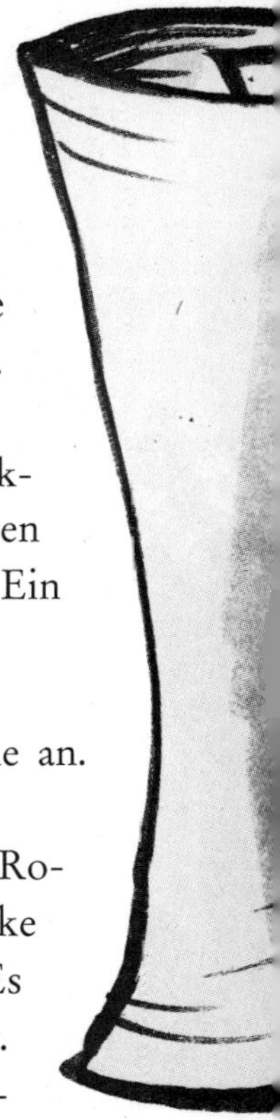

„Wir haben sie! Wir haben sie gefunden!“

Das U-Boot war nicht sonderlich groß, wirkte aber robust. Die dicken Metallplatten waren durch stabile Bolzen miteinander verbunden. Ein kleines Bullauge erlaubte den Blick ins Innere.

„Du hast es geschafft!“, freute sich Myrte.

„Ich schau mir das Ding mal aus der Nähe an. Hilfst du mir?“

Myrte nickte und machte eine Räuberleiter. Rocky kletterte an Deck, öffnete die schwere Luke und ließ sich in das Innere des Bootes gleiten. Es war eng hier, die Luft feucht und verbraucht. Überall gab es Rohre, Hebel, Ventile, Messgeräte. Ein verwirrendes Durcheinander ohne erkennbare Ordnung. Auf einem kleinen Tisch lagen Karten, ein Geodreieck, Lineale und Stifte.

„Wie ist es da drin?“, wollte Leschnikov ungeduldig wissen.

„Na ja, es ist …“, setzte Rocky an, kam aber nicht weiter. Denn sein Blick fiel auf einige Fotos, die an einem Klemmbrett befestigt waren. Das erste zeigte Hahn als Eisscholle verkleidet im Südpolarmeer treibend. Dort hatte er das Jagdverhalten der Kaiserpinguine erforscht.

Auf einem anderen trug er ein Orang-Utan-Kostüm im Dschungel von Borneo. Außerdem war da ein Foto, das einen kleinen, sympathischen Jungen in kurzen Hosen zeigte. Er war schmutzig, seine Knie waren aufgeschlagen und er hielt einen Fußball unter dem Arm. Auf der Rückseite war mit Bleistift vermerkt: „Hanno, 1974". War das etwa Heinrich Hahns Sohn? Hatte der Doktor am Ende etwa eine Familie, die auf ihn wartete?

„Was ist denn nun?", Myrte schaute zur Luke herein.

„Ähm, sieht nicht gut aus", Rocky kletterte aus dem

U-Boot. „Ich habe null Ahnung, wie man das Ding steuert.“

„Du weißt nicht, wie man so ein Ding steuert?“, regte sich Leschnikov auf. „Was ist das dann für ein dummer Fluchtplan?“

„Hast du einen besseren?“, fragte er.

Bevor Leschnikov antworten konnte, ließ etwas die Erde erzittern.

BU-BUMM, BU-BUMM, BU-BUMM.

Ein Erdbeben?

BU-BUMM, BU-BUMM, BU-BUMM.

Ein Vulkanausbruch?

BU-BUMM, BU-BUMM, BU-BUMM.

Nein, das war kein Erdbeben, auch kein Vulkanausbruch. Es klang wie ein Wesen, das im Galopp heranstürmte. Ein schweres Wesen, das auf großen Tatzen unterwegs war. BU-BUMM, BU-BUMM, BU-BUMM.

Rocky und Leschnikov sahen sich bestürzt an.

„Mopsen!“, stellten sie gleichzeitig mit zittrigen Stimmen fest[33]. Ein furchtbares Gebrüll zerriss die Stille.

ROOOOOOARRRGHHH

Mopsen erschien auf der Treppe und richtete sich auf. Er kam Rocky noch größer vor, als er eh schon war – un-

---

33 Wer sich nun fragt, wie der Eisbär die Flüchtenden gefunden hat, dem sei an dieser Stelle gesagt, dass Bären im Vergleich zu anderen Raubtieren über einen außergewöhnlich guten Geruchssinn verfügen.

gefähr so groß wie ein Mammut oder ein Argentinosaurus[34].

Der Bär hatte Schaum vor dem Mund, als wäre er tollwütig. Noch einmal brüllte er, sodass die Wände der Höhle erzitterten. Dann ließ er sich wieder auf alle viere fallen und jagte mit einem nahezu tödlichen Tempo die Treppe hinab. Na ja, und wie es manchmal eben passiert, wenn man mit nahezu tödlichem Tempo unterwegs ist, verwechselte Mopsen linke Tatze mit rechter Tatze und hintere Tatze mit vorderer Tatze. Er fiel vornüber, krachte mit seiner Schnauze schmerzhaft auf die Treppe, überschlug sich, landete auf seinem dicken Po und holperte auf diesem Stufe für Stufe die steile Treppe hinunter. Bum, bum, bum, bum, bum, bum, bum, bum, bum, bum, bum, bum, bum, bum, bum, bum, bum, bum, bum, bum, bum und so weiter und so fort – wie gesagt, es war eine sehr lange und sehr steile Treppe.

Der Sturz machte den beeindruckenden Auftritt des Eisbären völlig zunichte. Rocky empfand ein wenig Mitleid mit ihm. Das hatte nämlich ganz sicher ziemlich wehgetan. Fast hätte Rocky Mopsen sogar die Hand gereicht und ihm aufgeholfen. Aber nur fast, denn der Eisbär kam selbst wieder auf die Beine und brüllte Rocky seine gesammelte Wut mitten ins Gesicht.

---

34 Der Argentinosaurus war mit einer geschätzten Länge von 30 Metern und einem Gewicht von etwa 73 Tonnen ein riesiger Dinosaurier und das wohl größte Landtier der Erde.

ROOOOOOARRRGHHH

Rocky starrte direkt in das riesige Maul, auf die messerscharfen Zähne des Eisbären und roch sogar dessen fauligen Fischatem. Mopsens Blick war wutentbrannt, seine Augen blutunterlaufen. Wie gelähmt stand Rocky da, unfähig, sich auch nur einen Zentimeter zu bewegen. Jetzt hatte wohl sein letztes Stündlein geschlagen. Doch Myrte stellte sich todesmutig zwischen ihn und den Eisbären.

„Mopsen, das ist mein Freund!“, erklärte sie mit felsenfester Stimme. „Du lässt die Krallen von ihm, verstanden?“

Mopsen versetzte ihr einen Hieb mit der Pranke, Myrte wurde durch die Höhle und an die Felswand geschleudert, wo sie regungslos liegen blieb.

„Myrte!“ Augenblicklich vergaß Rocky seine Angst, rannte zu ihr und beugte sich besorgt über das Glasmurmelmädchen. Myrte öffnete die Augen. Ein Glück, sie lebte! Sie schien nicht einmal verletzt. Vorsichtig legte sie ihren Finger an den Mund und lenkte Rockys Blick hinüber zu

Leschnikov und Conan, die sich gerade mit Treibholz bewaffneten. In diesem Moment packte Mopsen Rocky am Kragen und hob ihn hoch in die Luft. Der Bär schaute ihn hasserfüllt an.

„Habe ich schon gesagt, dass ich es ganz und gar nicht mag, wenn man mich für dumm verkauft?"

„Ja, das hast du schon", sagte Rocky frech.

BÄNG! Leschnikov donnerte Mopsen mit aller Wucht eine Holzlatte über den Schädel. BÄNG! Conan tat das Gleiche. Es waren zwei heftige Schläge, die sogar einen Elefanten schachmatt gesetzt hätten. Aber nicht Mopsen. Der Bär schaute sich nur verwundert um. Er ließ Rocky auf den Boden plumpsen und ging bedächtig auf die beiden Nachtmahre zu.

„Was bitte soll das gewesen sein?", brummte er bedrohlich.

Leschnikov und Conan zogen sich Schritt für Schritt zurück, bis sie an die Felswand stießen.

„Äh nichts. Gar nichts", stammelte Leschnikov.

„Das war euer Todesurteil! Ich werde euch nämlich fressen. Ich weiß nur noch nicht, wen zuerst." Er schnupperte zunächst an Leschnikov,

dann an Conan. „Wer schmeckt wohl besser?“ Der Sabber tropfte ihm bereits aus dem Maul.

„Ruhig, Weißer! Ganz ruhig!“ Eine laute Stimme schallte durch die Höhle. Alle drehten sich um. Auf der Treppe stand ein alter Bekannter.

„Doktor Hahn!“, riefen Rocky, Myrte, Leschnikov und Conan erfreut.

„Wer?“, fragte Mopsen überrascht.

„Doktor Heinrich Hahn, bekannt aus Funk und Fernsehen!“, erklärte der Doktor stolz. „Ich bin gekommen, um dich zu zähmen!“

Mopsen blickte verwirrt drein. Doch dann umspielte ein überhebliches Lächeln sein Maul. „Zähmen?“ Er lachte abfällig.

Hahn griff nach einer Peitsche, die in seinem Gürtel steckte, und ließ sie als Bekräftigung seiner Worte durch die Luft knallen.

„Ja, zähmen!“ Er fixierte Mopsen mit entschlossenem Blick. Das Lächeln verschwand aus dem Gesicht des Eisbären.

„Das wollen wir mal sehen“, zischte er und begann, Hahn zu umkreisen, bereit, jederzeit zuzuschlagen. Der Doktor folgte ihm aufmerksam, jeder Muskel seines Körpers war angespannt. Der Bär schnellte nach vorn und versuchte, Hahn einen mächtigen Schlag mit der Pranke zu versetzen. Doch der Doktor wich geschickt aus und ließ seine Peitsche durch die Luft sausen. Sie traf knallend die Tatze des Eisbären, der diese augenblicklich zurückzog und fluchte.

„Hat sich das Bärchen etwa wehgetan?“, fragte Hahn

abfällig und heizte Mopsens Wut noch weiter an. Offensichtlich wollte er ihn provozieren, damit dieser einen Fehler machte. Der Eisbär antwortete nicht, sondern preschte erneut vor. Hahn wich aus, Mopsens Angriff lief erneut ins Leere. Wieder knallte Hahns Peitsche, dieses Mal traf sie das Hinterteil seines Gegners. Der Bär schrie schmerzerfüllt auf.

„Jetzt brennt der Popo, was?“, kommentierte Hahn spöttisch.

Ich könnte diesen Kampf nun in aller Ausführlichkeit beschreiben, doch das wäre mühsam, denn er dauerte mehrere Stunden. Rocky, Myrte und die Nachtmahre beobachteten gebannt, wie Mopsen den Doktor umkreiste. Hahn ließ den Bären nicht aus den Augen. Immer wieder griff Mopsen an. Immer wieder rauschte Hahns Peitsche herab und versetzte ihm einen schmerzhaften Denkzettel.

Rocky glaubte bald zu bemerken, dass die Kräfte des Eisbären nachließen. Auch der Bär schien das zu spüren. Schlussendlich wollte er den Kampf mit einem überraschenden Gewaltakt für sich entscheiden. Er richtete sich urplötzlich auf und stürzte mit lautem Gebrüll auf Hahn, in der Absicht, diesen unter sich zu zermalmen. Der Doktor reagierte blitzschnell. Mit einer schwungvollen, kreisförmigen Bewegung schleuderte er die Peitsche in Mopsens Richtung und umschlang dessen Pranken. Hahn sprang zur Seite. Der Eisbär knallte ungebremst zu Boden, sodass sich der Doktor auf seinen Rücken schwingen konnte. Dann zog er fest an seiner Peitsche: Die Fesseln um die Eisbärtatzen zogen sich enger.

Mopsen war gefangen und fest verschnürt. Er war besiegt.

„Es hat sich ausgefletscht, Mopsen“, triumphierte der Abenteurer.

„Bravo!“, rief Rocky.

Und auch Myrte, Leschnikov und Conan klatschten begeistert. Hahn verbeugte sich vor seinem Publikum. Dann schien er es plötzlich sehr eilig zuhaben.

„Nun aber an die Arbeit, wir haben noch einen weiten Weg vor uns. Rocky, reiche mir den Strick dort! Leschnikov, bitte verstaue mein Gepäck in der *Tabea 2*. Es steht oben am Höhleneingang.“ Hahn hatte sich offenbar entschlossen, die Insel zu verlassen, und wollte keine Zeit verlieren.

Rocky reichte dem Doktor den Strick, und während dieser Mopsen fesselte, nutzte er die Gelegenheit, um ihn etwas zu fragen.

„Warum? Warum sind Sie gekommen, Doktor?"

Hahn schaute auf.

„Ich wusste, dass du mein Boot finden würdest. Ich bin gekommen, um dir zu helfen."

„Und ihre Forschungsarbeit?" Rocky blickte Hahn eindringlich an. Der Doktor hielt nachdenklich inne.

„Die spielt nun keine Rolle mehr", sagte er mit fester Stimme. Doch es war klar, dass Hahn dieser Entschluss nicht leichtgefallen war.

„Ist es wegen Hanno? Vermissen Sie ihren Sohn?"

Der Doktor sah ihn erschrocken an. Offensichtlich überraschte es ihn, dass Rocky von Hanno wusste. Und offensichtlich wollte er nicht darüber reden. Sein Blick wanderte an Rocky vorbei zu Leschnikov.

„Vorsicht mit der Kiste!", rief er plötzlich. „Das sind empfindliche Geräte." Er sprang auf, um Leschnikov, Conan und Myrte zur Hand zu gehen. Das Gespräch war beendet.

Wenig später waren Hahns Kisten sicher verstaut. Der Platz in der *Tabea 2* war zwar knapp geworden, doch wenn man zusammenrückte, würden schon alle reinpassen, vermutete Rocky. Sie hatten gar keine andere Wahl. Hahn sprang auf das U-Boot.

„Alle einsteigen!"

Rocky schaute Myrte überglücklich an.

„Es ist so weit!" Doch Myrtes trauriger Blick ließ ihn innehalten. „Was ist?", fragte er mit banger Stimme.

Myrte schüttelte den Kopf.

„Es tut mir leid, Rocky, aber ich komme nicht mit."

„Du kannst nicht hierbleiben!", flehte Rocky.

„Doch, ich muss hierbleiben. Das hier ist mein Zuhause."

„Und was ist mit Mopsen?"

„Mit Mopsen werde ich schon fertig. Und die GaD, sie mag mich und wird mich schon nicht bestrafen." Myrtes Entschluss stand anscheinend fest. „Mach dir keine Sorgen um mich."

Aber genau das tat Rocky.

„Myrte, wenn ich nicht mehr von dir träume, du … du … kommst in das tiefe Tal der Vergessenen!"

Myrte schüttelte den Kopf.

„Und wennschon. Ich gehöre hierher, Rocky, so wie du in deine Welt gehörst", sie lächelte mild.

Rocky wusste, dass er sie nicht überreden konnte. Nun, ganz am Ende seiner abenteuerlichen Reise, wurde er doch noch traurig. Myrte hier zurückzulassen, fühlte sich an, als müsste er seinen besten Freund den Löwen zum Fraß vorwerfen. Aber was blieb ihm übrig? Er umarmte Myrte lang und innig. Und wäre da nicht Sand in seinem Auge gewesen, hätte man meinen können, dass er weinte. Dann befreite sich Myrte aus seiner Umarmung.

„Du musst los."

Rocky nickte.

„Und du, Conan?", fragte Leschnikov seinen Freund. Conans Blick wanderte zu Myrte. Das bedeutete wohl, dass auch er auf der Insel bleiben wollte.

„Okay. Pass gut auf dich auf, mein Freund!", sagte

Leschnikov. Die beiden umarmten sich. „Wir sehen uns bestimmt irgendwann wieder."

„Danke für alles, Conan", sagte auch Rocky und gab dem Nachtmahr die Hand. Es war ein langer und fester Händedruck, in dem unendlich viel Freundschaft lag. Und spätestens jetzt fiel es Rocky richtig schwer, die Insel der Albträume zu verlassen.

„Auf geht's!", rief der Doktor.

Rocky riss sich los. Er kletterte gemeinsam mit Leschnikov auf die *Tabea 2* und ließ sich in das Innere des U-Boots gleiten. Dann schloss und verriegelte er die Luke. Hahn legte den Hauptschalter um, die Lichter im Innern des Bootes sprangen flackernd an und der Motor begann, sanft zu brummen. Rocky blickte durch das Bullauge.
Myrte winkte noch einmal. Er winkte zurück.

„Danke, Myrte", flüsterte er. Jetzt war er ungefähr so traurig wie damals, als sein Goldfisch Glupschi aus dem Glas gesprungen und gestorben war. Wahrscheinlich aber noch trauriger.

Hahn legte einen Hebel um. Das Motorengeräusch wurde lauter, die *Tabea 2* erzitterte und setzte sich langsam in Bewegung. Der Doktor steuerte auf die unterirdische Bucht hinaus und flutete die Tanks. Das U-Boot glitt sanft in die

Tiefe des Meeres hinab. Bis zuletzt schaute Rocky aus dem Bullauge und bis zuletzt winkte Myrte ihm nach.

22. Der lange Weg zurück

Der Weg zurück in die Menschenwelt war lang und still. Das einzige Geräusch war das eintönige Brummen der Motoren. Keiner sprach ein Wort. Jeder hing seinen eigenen Gedanken nach. Da sich die Fahrt über mehrere Tage erstreckte, mussten sie sich gut organisieren. Proviant war zum Glück reichlich vorhanden, doch es gab nur eine Schlafkoje an Bord. Daher schlug Rocky vor, dass sich jeder für vier Stunden aufs Ohr hauen durfte, dann war der Nächste an der Reihe.

Aber Rocky konnte sowieso nicht schlafen. Die meiste Zeit schaute er aus dem Bullauge. Der Blick hinaus bot jedoch nur wenig Abwechslung. Zu sehen waren eine öde Landschaft aus Schlick und Seegras, vielleicht ab und zu ein Fisch, eine Seegurke oder eine Garnele. Rocky musste immer wieder an seine Freunde denken, die auf der Insel der Albträume zurückgeblieben waren. Wie es ihnen wohl ging? Er hoffte, dass die GaD nicht allzu wütend und streng sein würde. Doch je weiter sie sich von der Insel entfernten, desto mehr wich Rockys Abschiedsschmerz einer gewissen Vorfreude. Bald sah er seine Eltern wieder und Luis und Norbert. Er freute sich

sogar auf das Ende der Ferien – und da-rauf hatte er sich bisher noch nie gefreut.

Irgendwann durchbrach der Doktor die Stille. „Wo kann ich dich absetzen?“

Rocky blickte in die Runde. Absetzen? Waren sie endlich da?

Der Doktor fuhr das Periskop aus und machte eine auffordernde Geste. Rocky blickte hindurch. Da war tatsächlich Land zu sehen. Vor Rockys Augen erstreckte sich eine sanfte Dünenlandschaft, dicht bevölkert mit Badegästen, die Federball spielten oder Sandburgen bauten. Er war in der Tat so gut wie zu Hause!

Hahn steuerte einen kleinen Hafen an, in dem ein paar Fischerboote fröhlich in den Wellen schaukelten. Die Besucher und Seemänner staunten nicht schlecht, als die *Tabea 2* gurgelnd vor ihren ungläubigen Augen auftauchte. Dem einen oder anderen fiel sogar das Eis oder das Fischbrötchen aus der Hand.

Rocky öffnete die Luke und kletterte an Deck. Er atmete tief durch: endlich wieder frische Luft, endlich wieder Sonne, endlich wieder unter Menschen! Ihre Ankunft bedeutete aber auch, dass er sich von Leschnikov und Hahn verabschieden musste. Die beiden hatten während der Fahrt vereinbart, sich gemeinsam auf die Suche zu machen. Leschnikov wollte

unbedingt seine Mutter finden und der Doktor hatte versprochen, ihm dabei zu helfen. Sie wollten keine Zeit verlieren und sich gleich auf den Weg nach Russland machen, wo Leschnikov seine Mutter vermutete. Hahn wollte die Gelegenheit nutzen, um die dortige Tier- und Pflanzenwelt zu erforschen – insbesondere das Revierverhalten des seltenen Amurleoparden[35].

Rocky und Leschnikov fielen sich in die Arme.

„Vielen Dank, ohne dich ...“, begann Rocky, aber Leschnikov unterbrach ihn.

„Nein, ich habe zu danken! Ohne dich wäre ich nie so weit gekommen. Dann wäre ich nämlich jetzt nicht hier.“

Rocky lächelte. Auch Hahn reichte Rocky die Hand zum Abschied.

„Mach's gut, ich bin mir sicher, dass wir uns bald wiedersehen. Wir melden uns, sobald wir aus Russland zurück sind.“

Rocky nickte und kletterte auf die Kaimauer.

---

35 Der Amurleopard ist eine sehr seltene Raubkatze, die im Osten Russlands vorkommt. Dr. Hahn hat seine Erlebnisse mit diesen Tieren später in dem Buch „Auf leisen Tatzen – mit dem Amurleopard durch Russlands Wälder“ festgehalten.

In diesem Moment fiel ihm glücklicherweise ein, dass er noch etwas für den Doktor hatte. Er kramte hektisch in seiner Tasche, holte eine Zeichnung heraus und reichte sie ihm. Sie zeigte das seltsame Froschwesen mit den Rhabarberfüßen, dem Rocky als Erstes auf der Insel begegnet war. Ihm war aufgefallen, dass es nicht in Hahns Forschungstagebuch auftauchte.

„Den kennen Sie noch nicht, oder? Ich bin ihm an der Pforte begegnet. Er rülpst wahnsinnig laut und hat ein Krokodilgebiss, ist aber sonst recht freundlich, glaube ich."

Hahn strahlte wie ein Honigkuchenpferd.

„Dieses Wesen kenne ich in der Tat nicht. Das ist ja hervorglänzend! Das rundet meine Forschungsarbeit ab. Ich will ihn dir zu Ehren ...", er überlegte kurz, „‚Amphibia Rockyiensis' nennen. Vielen Dank!"

Rocky fühlte sich geehrt und nickte stolz.

„Bis bald. Und gute Reise."

Leschnikov und Hahn kletterten zurück in das U-Boot. Die *Tabea 2* verschwand in den Fluten.

„Viel Glück!", rief Rocky seinen Freunden noch hinterher. Er wollte so schnell wie möglich zu Hause anrufen. Sicher machten sich seine Eltern längst Sorgen, vielleicht hatten sie sogar schon die Polizei informiert. Eine alte Dame mit Dackel lieh Rocky schließlich ihr Mobiltelefon aus. Sekunden später war seine Mutter am Apparat, die ihre Freude und Erleichterung nicht unterdrücken konnte.

Am selben Abend saß Rocky zu Hause am Abendbrottisch. Es gab Pfannkuchen, weil Rocky die so mochte. Sein Vater hatte ihn in der Hafenstadt abgeholt – das war eine ganz schön weite Reise. Er hatte ein Donnerwetter erwartet, vielleicht sogar Stubenarrest, Fernsehverbot oder Taschengeldkürzungen. Aber nichts geschah. Seine Mutter hatte wieder einmal für alles Verständnis.

„In deinem Alter ist so was ganz normal", sagte sie und lächelte sanft. „Aber mach es bitte nicht noch einmal."

Klar – hätte sich Rocky eigentlich denken können.

Seine Eltern fragten nicht einmal, wo er gewesen war. Anscheinend waren sie einfach nur froh, dass er gesund zurück war. Gut so, denn Rocky wollte auch gar nichts erzählen. Dennoch brannte ihm eine Frage auf der Zunge.

„Sagt mal, kennt ihr eigentlich Doktor Hahn?"

Sein Vater schaute irritiert auf.

„Doktor Hahn? Ja natürlich! Der hatte doch diese Fernsehsendung. Wie hieß sie noch gleich?“

„,Es hat sich ausgefletscht – Doktor Hahn zähmt wilde Tiere‘“, ergänzte Rockys Mutter. „Warum gibt es die eigentlich nicht mehr?“

„Keine Ahnung!“

Den Rest des Abends erzählten Rockys Eltern, an welche Folgen von Hahns Sendung sie sich noch erinnern konnten. Und das waren einige, fast alle. Und so wurde es spät. Irgendwann, als Rocky die Augen schon zufielen, ging er ins Bett. Seine Mutter gab ihm noch einen Gutenachtkuss, dann schlief er ein.

Ach ja. Rocky träumte übrigens jede Nacht. Von Myrte. Aber das war kein Albtraum mehr. Es war ein schöner Traum. Nun weigerte er sich natürlich nicht mehr, mit ihr zu spielen. Im Gegenteil. Jede Nacht stiegen die beiden hinauf auf den Gipfel des Furzföhns und warfen von dort Steine hinab.

Bob Konrad / Artur Bodenstein

Fanta Lemonski
Die Sache mit dem Zombie-Pony

Bei Fanta Lemonski läuft es nicht rund! In der Schule ärgern sie die Zicken aus der Gemüsegruppe und ihr Schwarm Romeo will nichts von ihr wissen. Zum Trost schenkt Papa Dieter ihr das Zombie-Pony Charly Fluch. Fanta ist gleich ganz verliebt. Doch als sie Charly stolz mit in die Schule nimmt, wird alles noch schlimmer: Das Pony beißt Romeo! Während es dem Jungen in den nächsten Tagen immer schlechter geht, tut Fanta alles, um zu verhindern, dass er sich in einen Zombie verwandelt ...

Arena

224 Seiten • Gebunden
ISBN 978-3-401-60106-9
www.arena-verlag.de

Alice Pantermüller

Bendix Brodersen

Angsthasen erleben keine Abenteuer

Als die schrullige Thekla Salmonis im Waisenhaus auftaucht, hat Bendix keine Ahnung, dass damit das größte Abenteuer seines Lebens beginnt. Denn Thekla hütet ein unglaubliches Geheimnis: Auf einer kleinen Insel in der Südsee ist die Zeit im Jura stehen geblieben. Hier leben die letzten Dinosaurier der Welt ... solange niemand auf »Floribunda« aufmerksam wird. Und ausgerechnet Bendix darf Thekla begleiten.

232 Seiten • Arena-Taschenbuch
ISBN 978-3-401-50904-4

Echte Helden haben immer einen Plan B

Alles könnte so schön sein auf Floribunda, wo Bendix Brodersen dabei hilft, das größte Geheimnis der Menschheit zu hüten. Doch dann dümpelt eines Tages plötzlich eine Yacht vor der Nachbarinsel Guano im Meer. Touristen! Ein Plan muss her, um die Eindringlinge wieder zu vertreiben. Bevor diese herausfinden, welche außergewöhnlichen Vögel die Insel seit Millionen von Jahren beherbergt.

Arena

248 Seiten • Arena-Taschenbuch
ISBN 978-3-401-50905-1
www.arena-verlag.de

Anna Ruhe

Seeland
Per Anhalter zum Strudelschlund

Max will raus aus dem öden Kaff Bittie Cross und seinen Vater finden, der seit Jahren verschwunden ist. Zusammen mit der seltsamen Emma gerät er auf der Suche in eine unglaubliche Welt: Seeland! Hier gibt es Städte auf Stegen und Häuser wie Eisberge, kauzige Pilzsammler, Unterwasserpiraten, freundliche Riesenquallen und echte Meerjungfrauen. Und ausgerechnet in Seeland entdeckt Max eine Spur seines Vaters. Wie kann das sein? Zusammen mit Emma taucht Max ab in das größte Abenteuer seines Lebens.

Arena

Auch als E-Book erhältlich

288 Seiten • Klappenbroschur
ISBN 978-3-401-50694-4
www.arena-verlag.de